KNOW YOURSELF:
우리도 당신을 기억하고 사랑합니다

KNOW YOURSELF: 우리도 당신을 기억하고 사랑합니다

박해국 지음

인생의 둘레길에서 고비마다 새김질하는
우리의 존재의미와 정체성을 돌아보며

좋은땅

머리말

세상에 사람이 태어나면 먼저 출생 신고부터 하게 되는데 마치 인생이라는 이름의 평생교육원에 등록하는 것이나 다름없다는 생각을 하게 된다.

어린이집이나 유치원에서부터 초·중·고등학교를 거쳐 대학(원)에까지 제도권의 교육은 물론이고, 삶의 모든 현장이 배움이고 수련의 장이기 때문이다.

어떤 사람은 일생을 거의 같은 장소에서 지내다가 돌아가기도 하고 또는 수시로 장소를 옮겨 가며 다양한 경험을 즐기려는 사람도 있는데, 어떤 경우에도 배움이란 그 자신의 능력이나 마음가짐에 따라 결과에서 차이가 나기 마련이다. 그리고 배움이 있는 과정에는 반드시 어떤 형태든 평가가 뒤따르게 되는데 제도권의 공식적인 교육 과정이 아니라도 본인이 알지 못하는 상황에서 다양한 평가가 이루어진다.

  평가의 대상은 특정 능력이나 성취에만 국한되는 것이 아니고, 사사로운 개인의 품격 문제에까지 모든 영역에서 나타나고, 이것은 비단 공적 관계가 아닌 가까운 가족이나 사적 모임에서도 예외가 아니다.

  마치 바늘이 가는 곳에 실이 따라가듯 사람이 모이는 곳이면 어디에나 평가가 따르게 된다. 그래서 이만큼 세상을 살고 나이가 들어 인생의 고학년이 되니까 자연스럽게 이제는 졸업(?)을 생각하게 되고 와중에 옛날의 기억이 되살아나는 것이 있다.

  한창 젊은 학생 때도 그랬고, 그 뒤 직장 생활을 하면서 수도 없이 시험을 치르고 평가를 받았는데, 그 가운데서 아직까지 기억에 남아 있는 출제 문제는 하나도 없다. 그런데 딱 하나, 지금도 기억에서 지워지지 않는 문제가 있다. 어느 기말고사가 있던 날이다. 담당 교수가 학생들에게 백지로 된 시험지를 몇 장씩

나눠 주면서 지난 학기에 배운 학습 내용 가운데 각자가 생각나는 대로 적어 내라는 것이었다. 물론 감독도 하지 않으셨다. 아는 것도 아니고, 모르는 것도 아닌 문제를 어디서부터 시작해서 어떻게 끝을 내야 할지 잠시 당황했던 기억이 새롭다. 그때를 회상하면서 내가 이 세상의 인간수업을 끝내고 하늘로 돌아가는 날, 또 한 번 세상에서 보고 배운 내용을 생각나는 대로 적어 보라면 어떻게 써야 할지 상상해 본다. 그곳에 가서도 당황하지 않으려면 내용이야 미흡하더라고 미리 한 번 생각하고 정리해 보는 것이 좋을 것 같다.

앞서간 어느 시인은 이 세상 끝나고 하늘로 돌아가는 날, 아름다운 소풍길이였다고 말하겠노라 했는데 아무래도 내 생각과는 어울리지 않는 것 같다.

지나온 길을 돌아보면 어느 때는 희망으로, 또 언젠가는 절망의 어두운 그림자에 깊이 둘러싸인 적도 있는데, 지금 와서 생각하면 길이 열리는 듯하다가는 닫히고, 닫힌 듯하다가는 다시 열리는, 말 그대로 우여곡절의 막다른 둘레길이었다고 표현하는 것이 한층 적절해 보인다.

그런 중에도 길목의 어려운 고비마다 동행이 되어 준 따뜻한 마음들이 있어서 그들을 떠올리면 언제나 고맙고 행복한 마음으로 돌아오게 된다. 이 자리에서 다시 한번 진심으로 감사를 드린다.

차례

머리말 / 4

탄생 / 11

화음 / 12

바다의 노래 / 13

자연인 / 14

호모콘숨프토르 / 17

변수의 매력 / 20

인간의 본능 / 23

시지프의 변(辨) / 25

지형을 알아야 / 28

아 테스형 / 33

창조와 모방 / 35

아인슈타인의 공식 / 38

인·인·인·인 / 42

한류의 뿌리 / 45

자등명 법등명 / 49

행복과 희망 / 52

염치가 있어야지 / 56

변증법 / 59

창조와 진화 / 62

하늘 천(天) 땅 지(地) / 66

꿈의 해석 2 / 69

우상이라는 우상 / 79

에덴의 유혹 / 82

호모사피엔스 / 86

우연과 필연 / 90

일수사견 / 93

천리안 / 96

사람과 문자(人文) / 99

독과 약은 한 몸이다 / 104

유아독존 / 108

신인가, 원리인가 / 111

거기에 산이 있어서 / 115

꼬리말 / 118

탄생

우주알(Cosmic Egg)을 깨고 부화하던 날은

생명의 빛이 열리는 한마당 축제였고,

오랜 인고(忍苦)의 회임(懷姙)으로

약속된 산통(産痛)은 태초의 말씀이었다.

화음

별들이 짝을 지어 노래하는 소리

달빛이 강물 따라 춤추는 소리

바람이 구름 타고 환호하는 소리

한밤이 대지 위에 잠자러 오는 소리

새벽이 동녘 끝에 기지개 켜는 소리

숲속의 아름다운 풀벌레들 연주까지

생명의 화음이 시공을 채우는

장엄한 우주의 오케스트라

바다의 노래

달빛은 구름 속에 몸을 숨기고
바람도 피곤해서 잠이 들라면
외로운 바다는 모래턱이 그리워
저 혼자 수줍어서 소야곡을 부르고

뜨거운 태양이 세상을 지치게 하고
대지의 생명들이 목마름 하면
거인처럼 일어나 비바람 타고
광란의 무도곡을 헹가래 한다

그래도 만선의 꿈이 수평선을 넘을 때면
갈매기도 춤을 추며 하늘 높이 오르고…

자연인

인간도 자연의 일부라고 하는 것은 곧 인간 역시 자연의 질서 속에서 존재한다는 뜻이다. 그뿐 아니라 생명과 물질이 존재하는 것이 그 자체로 자연의 질서에 적응하고 있다는 의미다.

그런데 외부에서 보는 질서는 당연하고 아주 단순한 듯하지만, 그 이면의 실상은 의외로 많은 힘(에너지)들이 긴장 상태에서 균형 관계를 유지하는 것이다.

작은 풀씨 하나도 새싹을 틔우려고 하면 햇빛과 바람, 온도와 습도, 그리고 적당한 영양소가 균형 있게 협력해야 하고, 사과가 나무에서 땅으로 떨어지는 평범한 현상에도 크고 작은 중력들이 보이지 않게 작용하고 여러 기상 조건들이 연결되어 떨어지는 속도에도 영향을 미치게 된다.

자연 생태계에서 주목하는 진화 현상도 본질은 기존의 생존 질서에 부적합한 변화가 있을 때 나타나는 조건 반사적 현상인데, 생물학에서는 돌연변이로 나타난다. 진화가 아니라도 생태계에는 일명 [메기 효과]라는 것이 있어서 환경 변화에 스스로 적응하는 현상이 있는데, 같은 씨앗이라도 심는 장소에 따라 맛과 향이 다르고 크기와 색상이 같지 않은 것도 메기 효과 유형의 자연 반응인 것이다.

적응하지 못하면 자연 도태밖에 없다. 사람들도 여기서 무관하지 않다. 긴장과 스트레스에서 해방되면 금방이라도 행복해질 것 같아도 경제적으로 극도의 긴장 상태에서 스트레스를 받던 사람이 어느 날 복권에 당첨되어 부자가 되면 누구나 행복해질 수 있는가? 그것은 기존의 질서와 새로운 질서 사이에 괴리

가 생겨서 한시적으로 불일치 현상이 가져오는 결과
다. 우리가 자연인으로 산다는 것은 반드시 농어촌
에서 살고 깊은 산으로 들어가는 것만이 아니고 어디
에 살아도 자연을 사랑하고 아끼며 자연의 질서에 순
응해 가는 삶을 의미한다.

지금까지는 "땅을 정복하고 모든 생물을 다스리는
것이 하나님의 복을 받는 것(창세기 1:28)"으로 알고
실천해 왔다면 이제부터는 자연을 [정복하고 다스리
는] 대상에서 함께 상생하고 의존하는 관계로 전환할
때가 되었다. 기후 변화 협약 등 국제 협력이 활발하
게 움직이는 것은 그나마 다행한 일이다.

호모콘숨프토르

지구 행성이 심한 몸살을 겪고 있는 것은 어제 오늘의 현상이 아니다. 그 배경에는 인간이라는 생명이 존재한다. 모든 생물들은 자연에서 왔다가 자연으로 온전히 돌아가는데 유독 인간만이 각종 생활 쓰레기와 유해 물질들로 환경을 크게 오염시키기 때문이다.

다른 생명체는 자연이 허락하는 만큼만 먹고 소비하는 데 비해 인간은 끝도 없이 소비욕구를 자극시키며 만족이란 것을 모른다. 처음에는 자연에서 주는 대로 돌이나 흙을 이용해 왔지만 차츰 지능이 발달하며 다양하게 금속을 이용하게 되면서 급격히 소비 행태를 늘려가더니, 이제는 양적이나 질적으로 거의 무한대에 가깝게 소비 영역을 넓혀 가고 있다. 역사로만 보면 인류 문명의 발달이 꿈과 이상의 화려한 성취 과정으로 미화될 수도 있겠지만, 그 이면으로는 끝없는 소비 욕구의 배설 과정이 있으며 그것은 한정된 지구의 수용 능력에 비해서 무리한 부담이 될 수밖에 없는 실정이 현실이다.

전에는 근검절약이 미덕이라고 칭찬해 왔지만 이제는 소비가 미덕이라며 대량 소비를 부추기고, 소비 행태도 실물을 넘어 다양한 용역과 정보, 오락, 스포츠, 엔터테인먼트 산업, 소셜 미디어까지 가세해서 소비가 곧 행복의 기준이 되는 것처럼 경쟁적으로 소비를 과시하고 자랑하는 시대가 되었다. 그것은 환경 파괴에 그만큼 더 가속도가 붙는 것을 의미한다.

이미 늦었지만 이제라도 자연과 생태 환경을 회복시키려면 생산 주체들의 적극적인 친환경 투자와 함께 과도한 소비 충동을 줄이고 건전한 소비 생활 운동을 통해서 국제 간에도 협력을 늘려가는 것이 절실히 요구된다. 거기에는 소비를 주도하는 선진국부터 자발적인 참여와 희생을 보이는 것이 중요하다. 진실로 우리 인간의 무한 소비 욕구가 아니면 지구를 병들게 하는 주범(主犯)이 따로 없다. 소비를 과식하고 무한 배설하는 인간, 호모콘숨프토르(Homo Consumptor)의 의식 개혁이 어느 때보다 시급해 보인다.

변수의 매력

세상에는 온갖 생물들이 함께 살아가지만 사람들은 아무리 생각해도 특별하다. 자연 생태계는 본능이라는 이름으로 어느 정도까지 변화의 흐름을 예측할 수 있지만 사람들은 '한 치 앞도 알 수 없다(You never know).'는 말처럼 '새옹지마'의 고사(故事)가 곧잘 사람들 사이에 회자되곤 한다.

오늘의 스포츠 경기에서 야구가 특별한 인기를 차지하는 이유도 그래서다. 우연한 작은 실수 하나가 돌이킬 수 없는 깊은 상처를 주기도 하고, 거듭되는 불운 속에서도 단 한 번의 기회가 대역전 드라마를 안겨 주는 짜릿한 감격도 야구가 아니고는 맛볼 수 없는 것이다.

투수와 포수 사이의 숨막히는 긴장감, 그리고 일거수일투족의 공 하나하나에 집중하는 관중들의 가슴 졸이는 응원과 격려의 눈빛은 넓은 운동장의 정적 속에서 숨소리마저 가라앉게 한다. 방망이 하나에 깊은 탄식이 절로 나오고 예상치 못한 행운의 안타 하나에 터져 나오는 함성은 속 타던 가슴에 더할 수 없는 청량제가 되기도 하며, 또 외야의 수많은 변수에 한껏 마음이 움츠러 있다가도 통쾌한 한 방이 그동안 쌓였던 온갖 시름을 단번에 날려 버리게 한다. 그러나 양 팀의 눈에 띄는 실력 차이에는 맥이 풀리고 다음 시합의 작전 뒤에 숨어서 제 실력을 짐짓 보여 주지 않을 때는 그 실망감을 말로 다 할 수 없다.

　우리들 삶의 현장도 다를 것이 없다. 스포츠 경기에서 우리가 보고 싶은 것은 단지 승패의 결과가 아니고 끝나는 순간까지 포기하지 않고 최선을 다하는 모습인 것처럼, 인생에서 기대하는 것도 성공의 여부보다는 어떤 어려운 환경 속에서도 좌절하지 않는 정직한 도전 정신이 더 보고 싶은 것이다.

[진인사 대천명]이 꼭 야구에서만 기대하는 모습이
아니고 [지성이면 감천]이 반드시 승부의 세계에만
있는 것이 아니다. 변수(変數)는 하늘에서 우리 인간
이 받은 최고의 선물이다.

인간의 본능

동물들의 생식에는 우성 본능이 있다. 열성을 도태시키고 우성을 선택하려는 본능은 생존 경쟁의 마당에서 살아남으려는 자연의 순리다. 그래서 짝짓기에서 상대를 선택하는 기준의 하나가 건강하게 보이는 힘이고 또 하나는 아름다운 매력이다.

백수의 왕이라는 사자 무리와 아름다운 공작새가 그런 모습을 잘 나타낸다. 이 같은 현상은 사람들 사는 사회도 다르지 않다. 그래서 남자에게는 힘, 여자에게는 아름다움에 대한 집념이 상대적으로 강하게 나타난다. 특히 남성에게는 단순히 육체적인 힘만이 아니라 물질적인 힘(재력)과 사회적인 힘(권력)까지도 영역에서 빠질 수가 없다. 재산이 어느 정도 모이면 더 큰 부자가 되고 싶고 조그만 권력이 생기면 더 큰 권력을 쥐려고 싸움도 마다하지 않는 것이 그래서다.

중국의 진시황은 그 때문에 천하를 장악하고 그것을 지키려고 만리장성까지 쌓았으며, 한 발 더 나아가 죽어서도 힘을 내려놓고 싶지 않아서 땅속에 현실과 닮은꼴의 병마용(兵馬俑)을 만들었다. 힘의 과시를 사후 세계에까지 연장시키겠다는 종교적 경지를 보여 준다.

이처럼 남자의 본능이 표출된 기념비적 유물이 서안의 〈진시황병마용〉이라면 여자의 본능을 보여 주는 유물은 일세를 풍미한 측천무후의 용모를 닮은 용문석굴의 〈비로자나상〉이라는 이야기도 전해진다.

동물 세계의 모든 본능은 자연의 일부로 끝이 나지만 사람들의 그것은 땅속에서도 역사적 기념물이 되고 인류의 문화재가 되어 생명을 이어 나간다. 미래는 오직 인간에 의해, 인간을 위해 살아 있을 뿐이다.

시지프의 변(辨)

　도구를 사용하는 호모사피엔스(Homo Sapiens)는 석기시대 이래 지금까지 생활에 필요하면 모든 재료를 이용하여 언제나 새로운 도구들을 개발해 왔다. 더구나 오늘날에는 인공 지능(AI)까지 역할을 더해서 미래가 어디까지 가게될지 아무도 짐작할 수 없다. 그동안 농업이나 산업 혁명을 비롯해서 실질적인 천지개벽이 몇 차례 열리며 물질 문명이나 정신세계의 변화는 말로 다 할 수 없지만 그것이 우리에게 행복을 보장해 주지는 않는다. 그만큼 행복의 변수가 복잡하고 쉽지가 않은 결과다.

　예측할 수 없는 환경의 변화는 물론 정치, 경제, 사회 등 우리 생활 전반에 걸쳐 행복과 관련되지 않은 것이란 거의 없다. 우리 생활을 편리하게 하는 도구들이 행복과 무관하지는 않겠지만 편리함이 주는 만족감이 곧 행복감으로 돌아오는 것은 아니다.

사회적으로 크게 성공하고 물질적으로 풍요롭게 살고 있어도 마음 한편에는 다른 사람보다 더 큰 어두운 그림자가 있을 수 있고 바윗돌처럼 굳어진 마음의 응어리가 가슴을 무겁게 할 수 있는 것이 정상적인 세상의 사람 사는 모습이다. 그래서 그리스 신화에서는 [시지프의 돌]이 오늘도 한결같이 인간을 힘들게 하겠지만 그것은 삶의 부조리를 드러내는 것이기보다 감당하기 어려운 생명의 무게 앞에서 스스로 무기력하게 무너질 수 없는 인간의 강인한 의지를 보여 주려는 퍼포먼스는 아닐까.

그동안 여러 성인들과 많은 선지식들이 남겨 주신 소중한 가르침들이 시간이 흘러도 오히려 더 큰 울림이 되어 우리에게 돌아오는 것은 [시지프의 돌]로 상처를 받는 사람들에게 따뜻한 위로와 격려가 되기 때문이다. 그것은 역사상의 위인들이 하나같이 인생을 같은 눈높이로 보고 있다는 의미이기도 하다. 행복나무는 그만큼의 고통과 수고로움을 먹지 않고는 열매를 주지 않는다는 것이 그들이 주고 싶은 변함없는 메시지일 것이다.

지형을 알아야

15C 대항해시대가 열리며 대서양 한쪽에서 일어난 바람은 점차 동쪽으로 꾸준히 힘을 키우더니 19~20C에 와서는 드디어 동양권 전체를 휩쓸기에 이르렀다. 이른바 [서세동점]이라는 태풍인데 18C 후반 영국에서 시작된 산업 혁명과 그 뒤에 일어난 자본주의가 직접적인 원인이 되었다고 한다. 그런데 태풍이 지나고 간 상처들이 거의 아물고 작은 흔적조차 찾아보기 어려운 이때, 새삼 그 배경을 돌아보는 것은 어떤 의미가 있을까.

한여름, 남태평양에서 발생하여 북상하는 크고 작은 태풍들도 어느 날 갑자기 나타나는 우연한 현상이 아니고, 태양열과 바닷물이 공기와 어울리며 합작해 만들어 내는 뜨거운 에너지가 일정기간 힘을 비축하는 과정이 있어야 하는데, 수 세기 동안 동양을 뒤집어 놓았던 그 바람은 어디서부터 그 기원을 찾아야 할까?

먼저 동양과 달리 서양 문화의 바탕에는 그들이 사랑하는 신화가 있다. 그리스 로마 신화가 그것인데 인류 최초의 대서사시『일리아스와 오디세이아』는 물론이고, 뒤에 오는 북유럽 신화에서도 볼 수 있는 일관된 특징은 다름 아닌 전쟁과 영웅들의 이야기라는 것이다. 거기서는 윤리, 도덕 같은 단순하면서 직접적인 교훈적 이야기보다 질투하고 복수하는 등 우리 인간 사회에서 흔히 생각할 수 있는 다채로운 일상과 전쟁 이야기들이 주를 이루며 홍미를 자극해서 세월이 가고 세대가 변해도 여전히 높은 관심과 사랑 속에 꾸준히 생명력을 유지해 나간다.

다음으로는 중세의 정치·사회 체제를 형성하는 봉건 제도가 있는 것이다. 봉건 제도는 지방 분권제를 전제로 하는 주종(主從) 관계가 특징인데, 제도 안에는 무력에 기반하는 기사도 정신과 [노블리스 오블리제(Noblesse Oblige)]라는 사회적 도덕 가치가 눈길을 잡는다. 그리고 서구 사회에서 눈여겨볼 또 하나의 특색은 유일신이 지배적인 사회라는 점이다. 뿌리가 같은 유대교와 이슬람 및 기독교는 유일신이라는 원리 때문에 상대적으로 동양에 비해서는 배타적인 편이다.

여기까지 살펴본 대로 정신적으로 영향을 받는 전쟁 신화와 봉건적 주종 관계, 그리고 종교적 배타성은 전체적으로 서양 전통의 문화적 에너지로 승화되었고, 여기에 항해술의 발전과 산업 혁명으로 촉발된 자본주의 바람이 한층 거세지면서 일어난 태풍의 눈은 어느새 동쪽으로 향하고 있었지만 그때까지도 동양의 전통 사회는 공리·공론의 인문학적 우월성에 깊이 취한 대로 애써 서양 바람을 크게 의식하려고 하지 않았다.

그 가운데 일본만 예외적으로 폭풍을 피해 갔을 뿐 아니라, 역으로 바람을 지혜롭게 잘 이용할 줄도 알았다. 당시의 일본 사회는 역사적 배경이 동양보다는 서양 쪽에 더 가까운 것을 볼 수 있다. 일본은 12C 가마쿠라 막부로부터 19C 중엽의 도쿠가와 막부(에도 막부)에 이르는 거의 7백 년의 봉건제 아래서 서양의 기사도와 유사한 무사도(사무라이)가 있었고,

해안선이 긴 섬나라 특성상 해양 활동이 활발해서 일찍부터 선진 문물을 접하는 기회를 가질 수 있었다. 그 외에도 일본은 서양 중세 사회의 길드(Guild)가 그러하듯 특유의 장인 정신이 있어서 상업적 마인드와 함께 수공업 발전을 꾀할 수 있었다.

그리고 인재를 등용하는 데 있어서도 과거시험을 중심으로 유학(儒學)의 전통이 강했던 우리나라와 중국, 베트남과는 달리 일본은 과거라는 제도가 존재하지 않았다. 그래서 명분(名分)을 중시해 온 이웃나라의 상문(尙文) 사상보다 현실에 입각한 상무(尙武)

정신을 바탕으로 시대적 과제를 풀어 가는 데 유리하게 적용할 수 있었다.

성리학에 매몰되어 명분에 갇혀 있던 이웃나라와는 사뭇 다른 모습이었다. 지형(地形)을 알아야 길을 내고, 이웃을 알아야 내가 보이는 법이다.

아- 테스형

중국의 병서(兵書)에 '지피지기 백전불태(知彼知己 百戰不殆)'라는 말이 있다. 상대와 나의 실력을 알면 언제 싸워도 크게 걱정할 것이 없다는 뜻으로 이해한다. 싸움이 한창이던 춘추전국시대 손자가 한 이야기라는데 그로부터 2천 년이 훌쩍 지난 지금 들어도 전혀 낯설어 보이질 않는다.

고대 그리스의 델포이 신전에도 입구에 "너 자신을 알라(Know Yourself)."고 하는 격언이 있었고, 소크라테스는 이 말을 화두로 대중들을 계도한 것으로 유명하다. 신탁을 하겠다며 그 당시 신전을 찾았던 지배 계층이나 일반 시민들의 지나친 기대 심리를 경계하는 따끔한 울림이었을 것이다.

시간과 함께 모든 것이 변해 간다고 하지만, 경쟁 사회는 여전하고 불안 심리는 갈수록 더 깊어지는 것 같다. 때문에 오늘을 살아가야 하는 젊은 세대들은 조금이라도 마음의 위로를 받고 싶어 어느 때보다도 신탁에 목말라하는 것이 감추기 힘든 현실이다. 거리를 지날 때마다 유사 신탁소(?)가 늘어나는 이유다. 그래서 그들의 젊은 마음을 가슴으로 이해하고 노래로라도 위로해 주고 싶은 가수가 〈테스형!〉을 부른다. "아~ 테스형, 아~ 테스형…." 그의 간절한 노래와 함께 오늘도 "너 자신을 알라."고 했던 소크라테스의 아득한 사랑이 거리에 흐른다.

창조와 모방

무심하게 지나칠 땐 모르지만 관심을 갖고 보면 세상에 신비하지 않은 것이 없다. 그 가운데서 생명처럼 신비하고 경이로운 현상이 또 있을까 싶은데 아무리 생각해도 우리 인간만큼 이해하기 어려운 존재는 없을 것 같다.

하나님이 세상과 생명을 창조했다고 할 때, 모든 생물들은 처음 상태 그대로 삶을 유지하고 있는데 반해 유독 인간들은 스스로 알고 있듯이 한자리에 정체하는 걸 모르고 나날이 변화하며 발전을 거듭한다. 어떻게 그것이 가능한가.

신에게 창조 능력이 있다면 신의 형상을 그대로 빼

닮은 인간(창세기 1:27)에게는 창조를 모방하는 모방 본능이 있다. 하나님도 그것을 미리 아시고 당신처럼 눈이 밝아질 것을 염려하여 에덴동산 중앙에 금단의 열매 나무를 심어 놓았던 것이 아닐까. 그러나 모방 본능을 실현하려면 마음만 있다고 되는 것이 아니고 상당한 도전 정신이 따라야 한다.

영국의 어느 산악인에게 목숨을 걸고 [에베레스트]를 오르는 이유를 묻자 "거기에 산이 있으니까(Because it's there)."라고 가볍게 대답할 수 있었던 것도 도전과 성취 욕구가 없으면 달리 설명할 수가 없다. 그 많은 산악인들이 눈 앞에서 사랑하는 동행들의 죽음을 목격하고 슬퍼하면서도 왜 발걸음을 돌리지 못하는가.

산에서 만나는 험준한 암벽만이 아니고 우리가 가는 길에는 언제든지 장애물이 있고 그때마다 인간의 도전 정신은 다시 내일을 기약한다. 포기하는 사람에게는 장애물이지만 도전하는 사람에겐 기회일 뿐이다. 인간은 죽지 않고 영원하기를 원해서 지금까지는 후손들에게 유전자를 전해 주는 것으로 대신한다.

마찬가지로 인간의 모방 본능이라는 것도 당대에서 끝나는 것이 아니다. 역사상에는 큰 업적을 남기는 위인이 있기는 하지만 그것으로 완성되는 것은 아니고 계속해서 다음 세대들이 보전하고 발전해 가지 않으면 생명이 이어지지 않는다. 따라서 성취에 집착하기 보다는 크거나 작거나 자신의 생명 에너지를 헛되게 버림 없이 성실하게 쓰고 간다면 그 자체가 보람이고 아름다운 기억이 되어 후회가 남지 않는다.

작은 것이라도 뒤에 오는 후배들에게 큰 이정표가 될 수가 있고 그것이 계기가 되어 더 큰 길을 개척해 가는 과정이 인류 역사에서 위대한 도전으로 기억되고, 또 영원한 희망을 전해 가는 길이기도 하다.

아인슈타인의 공식

서양 의학이 분석적이라면 동양 의학은 통합적으로 볼 수 있다. 즉 서양 의학이 주로 아픈 부위만 찾아 집중 치료를 하면 동양 의학은 우리 몸을 하나의 소우주(Micro-cosmos)라고 보아서 전체적인 기혈(氣血)의 조화를 찾는 것이 목적이다. 이는 하늘과 땅이 생태 환경을 조화롭게 하여 건강을 지켜 주는 것처럼 우주 운행의 음양론과 기(氣) 사상에 근거한 것이다.

기 사상은 비단 물질만이 아니고 생명이나 의식 현상까지 만유의 근원이 기의 흐름이라고 보는데 여기서 조금만 더 이해를 보태면 불교나 기독교에서 보는 관점에서 크게 달라 보이지 않는다.

불교 사상의 핵심이라는『반야심경』에도 '색즉시공, 공즉시색'이라 해서 현상계와 실상계가 다르지 않고 같은 것으로 보았고, 성경에도 '태초의 말씀이 곧 하나님이며 만물이 그로부터 나오게 되었다.'(요한1:1-3) 하였고, '모든 세계가 하나님 말씀으로 지어졌다.'(히브리서 11:3) 하여 [만물]과 [세계]가 곧 [말씀]에서 나오고 지어졌다고 했다.

여기서 주목되는 것은 [하나님=말씀=만물=세계]라는 등식이다. 따라서 [말씀]은 곧 [하나님의 생각]이며 생각은 곧 [의식 에너지의 집합적 운동]이라고 이해하면 의식(意識) 현상까지도 기의 흐름으로 보는 동양 사상과 달라야 한다는 근거가 희박해 보인다.

다시 말해 우주의 운행 질서가 곧 기현상이라고 하는 동양의 [음양론]이나 서양에서 말하는 [변증법]적 원리, 그리고 과학에서 해석하는 [작용·반작용]의 운동 법칙도 본질은 두 개의 서로 상반되는 에너지에서 오는 대립과 조화의 현상이란 점에서 다를 것이 없기 때문이다.

　이와 같이 표면상으로는 아무 연관이 없는 것 같
아도 내면적인 실상은 크게 다를 것이 없는 현상들
이 세상에는 예상 외로 많을 수도 있다.

　예를 들어서 한강과 나일강이 아무 관계가 없는 것
처럼 보이지만 바다에서 보자면 크게 차이날 것이 없
고, 하늘에서 비가 쏟아질 때 한강에 떨어지면 한강
물이고 그렇지 않으면 나일강 물이 되기도 하고 바이
칼 호수 물이 될 수도 있다.

　이처럼 종교라는 이름으로 흘러가는 큰 강물도 시
작하는 기원은 다르지만 인간의 의식 밑바닥에서 보
는 목적지는 생명과 진리라는 점에서 조금도 다를 것
이 없다. 따라서 [아인슈타인의 공식]에서 보듯이 질
량이 있는 모든 것은 그에 상당하는 에너지를 갖는
것처럼, 믿음이 있는 모든 종교는 그에 상당하는 생
명 에너지를 갖고 있는 것으로 이해할 수는 없는 것

인가. 여기서 잠시 아인슈타인의 공식을 빌린다.

$$E=mc^2$$

E: 에너지[기(氣), 공(空), 말씀]

m: 질량[물질, 색(色) 만물]

c: 빛의 속도[빛이 있으라(창세기 1:3)]

인·인·인·인

학창 시절, 어느 날 조회 시간이었다. 교장 선생님은 당시에도 엄격한 교육자로 소문난 분이셨는데 그날은 단상에 올라서기 바쁘게 "인, 인, 인, 인. 사람이면 사람인가. 사람이라야 사람이지." 하시며 특유의 일장 훈시를 길게 하시던 기억이 난다.

중국의 사자성어로 생각되기도 하는데, 사람 모양만 했다고 같은 사람이 아니고 사람 도리를 할 줄 알아야 정말 사람이라는 뜻으로 들렸다.

그동안 세월도 많이 흘렀고, 그때는 별 생각 없이 한쪽으로 흘려 버렸는데 이제 와서 뒤늦게 기억이 되살아나는 것은 단지 나이 탓만이 아닌 것 같다.

막상 지난날을 돌이켜 보면 도리라고 하는 것이 말처럼 쉬운 문제가 아닌 것 같아 머리가 혼란스럽기도 한데, [정의(Justice)]라는 문제만 해도 미국의 샌델(Michael J. Sandel) 교수의 강의에 수많은 사람들이 관심을 집중하는 것을 보면 이해가 되기도 한다. 인간의 도리는 그때그때 상황에 따라 언제든지 달라질 수 있다는 여유가 생기기 때문이다.

숲을 이루고 모여 있는 나무에도 변하는 것이 있고 변하지 않는 것이 있다. 뿌리와 큰 줄기는 수명이 다할 때까지 바뀌지 않는데 줄기에 붙은 잔가지는 필요하면 언제든지 잘라 주기도 하고 모양이 마음에 안 들면 적당히 알아서 다듬어 주기도 한다. 또 잎새들은 해가 바뀔 때마다 새로 나기도 하고 작은 바람에도 쉽게 떨어져 나간다.

우리 인간이 지켜야 하는 도리도 이처럼 자연적으로 또는 인위적으로 쉽게 나타났다가 사라지는 것이 있고 끝까지 남아서 역할을 충실히 하는 것이 있다.

유학(儒學)의 꽃으로 한때 화려하게 피었던 삼강오륜도 대가족 사회에서는 절대적인 믿음 속에서 사회 질서의 중심이 되었지만 지금처럼 1~2인 가구가 대세인 핵가족 사회에서는 존재감이 거의 무시되고 있는 것이 현실이다.

그러면 이 시대가 요구하는 도리는 무엇일까? 당연이 그것은 자연 환경을 중심으로 하는 생명 사상이 핵심이 되어야 할 것이다. 환경을 되살리고 생명을 존중하는 것보다 더 시급한 윤리를 따로 생각할 여유가 없다. 그것이 이 시대의 [인·인·인·인]을 규정하는 현대판 버전이 되어야 하는 이유다.

한류의 뿌리

지구가 둥글다고 하는데 생김새처럼 공평해 보이지는 않는다. 끝이 보이지 않는 지평선 너머에는 접근조차 어려운 험준한 산악 지역이 자리하기도, 시원한 바다가 시야를 활짝 열어 주면 모래바람이 눈앞을 가리는 사막의 뜨거운 열기가 무거운 걸음을 가로막기도 한다.

또 지형뿐 아니고 토질과 기상 조건도 지역마다 특성이 있어서 그곳에 정착해 사는 사람들의 생김새나 생각까지도 저마다 색다른 특성이 있다. 그래서 각자의 개성이 다른 것처럼 큰 무리의 공동체에도 민족성이나 국민성 같은 특별한 집단성이 형성된다.

우리 민족은 아시아 대륙 동쪽 끝의 작은 반도에서 자원도, 농지가 될 만한 땅도 별로 가진 것 없이 오랜 세월을 힘들게 살아왔다. 더구나 대륙과 해양 세력 사이에서 언제나 외세의 위협에서 자유로울 수가 없었고 지금도 사정은 거의 달라진 것이 없다. 이 같은 지정학적 위치는 오랜 역사를 가지고도 고유의 전통과 문화를 지키기 어렵게 하였고 한동안 이웃 나라의 아류로 무시당한 적도 있었다.

이런 가운데 자연스럽게 형성된 우리의 민족성 내지 국민성은 밖으로 어떻게 비쳐지고 있을까.

우리를 보는 의국인들 사이에 가장 많이 회자되고 있는 말의 하나가 [빨리빨리]라는 것은 이미 정평이 되었다. 그리고 민족성과 연관이 깊은 고유의 전통 음식 중에는 [비빔밥]이 유명한데 [빨리빨리]와 [비빔밥] 사이에는 서로 끊을 수 없는 관계가 있다. 외세의 잦은 침공과 함께 해적이나 마적단들의 빈번한 약탈에 시달려 온 화급한 상황에서 자신을 보전할 수 있는 최선의 방법은 현장에서 가급적 빨리 몸을 숨기는 것 외에 다른 길이 없었고, 그 와중에도 배고픔을 면하려면 여기저기 흩어져 있는 그릇마다 숟가락을 대는 시간에 여러 가지 음식을 한 그릇에 모아서 비벼 먹는 방법이 가장 효과적이라고 생각했던 것이다.

이 밖에 우리 민족의 감성으로 지적되는 것 중에 정(情)이라는 것이 있어서 서로가 믿고 거래할 수 있다고 보이면 아낌없이 베풀며 친절과 성의를 다 하지만, 그렇지 못하면 모함하고 질투하며 편 가름에 능하다는 것도 그동안 우리의 어두운 단면의 하나로 비쳐 왔다.

또 하나 우리만의 고유한 성정(性情)으로 한(恨)을 말하기도 하고 교육열을 지적하기도 하는데 돌이켜 보면 교육열이라고 하는 것도 한(恨)의 문화와 분리해서 생각할 수 없는 관계가 있음을 이해하게 된다. 과거에는 소위 양반이라는 귀족 계급과 일부 권력자들의 끈질긴 갑질에 밤낮으로 시달리던 때가 있었고, 그때부터 가슴속에 쌓인 민초들의 억울한 감정이 굳어지며 언제부터 화석(化石)화 한 것이 이른바 한(恨)의 현상인데, 그것을 단번에 풀어내는 방법이 오직 과거 급제뿐이었고, 그 열망이 오늘에 와서는 교육열로 승화된 것이다.

이렇게 지형적, 역사적 환경 속에서 형성된 교육의 민족성 내지 국민성은 어느 나라에도 있는 보편적 현상인데 이것을 우열로 가르고 차별화하여 정치적으로 이용한 불행한 역사도 있었다.

그러나 오늘과 같은 인공 지능 시대의 초연결 사회에서는 인문학적 다양성이 [빨리빨리]의 순발력과 비빔밥 같은 융합적이고 유연한 사고력과 함께 그 어느 때보다 시대적 가치로 주목받게 되었다. 그뿐만 아니라 우리 민족의 다양한 품성은 그동안 민족의 애환 속에서 남모르게 썩고 발효가 되면서 오늘의 세계적 한류를 꽃피게 하는 기름진 토양을 준비했던 것이다.

자등명 법등명

15C 말에는 콜럼버스의 신대륙 발견과 동방 항로 개척의 대항해시대가 열리며 세계사에서 새로운 장이 나타난 시기다. 물론 신대륙으로 보는 것은 서구인들의 시각이고, 그 전에도 이미 상당 수준의 문명이 존재했다고 한다. 그로부터 4백여 년의 시간이 지난 19C 중반에 오면 미국의 14대 대통령이 원주민들로부터 거의 강제나 다름없는 땅 매입을 추진한다. 이때 현지의 원주민 추장은 당국의 부당한 요구에 대해 일종의 답변 형식으로 연설을 했는데 이것이 유명한 시애틀(Seattle) 선언이라고 한다. 그 내용을 간략하게 줄이면 다음과 같다.

1. 우리는 이 땅의 일부이고 이 땅은 우리의 일

부다.

2. 개울과 강에 흐르는 물은 우리 조상들의 피다.

3. 만물은 서로의 관계로 맺어져 있고 인간은
   생명의 그물을 짜는 것이 아니라 다만 그물
   의 한 가닥에 불과하다.

이런 내용으로 보면 그들의 생명관 내지 자연관이
바로 기원전 5C의 불교 사상에서 유래한 듯 착각하
게 된다. 마치 화엄 사상의 법계 연기설을 듣고 있는
느낌이다. 인간이 하늘과 땅과 한 몸이라는 삼합(三
合)의 [천·지·인] 사상은 고대부터 동양 사상으로 자
리했고, 우리 민족 고유의 천부경도 다르지 않은 것
같다.

이 같은 연관성으로 보면, 진리는 어떤 특정 종교
나 집단 사상으로 독점되는 것이 아니고, 그 전에 우
리 영혼의 내면에 실질적으로 잠재해 있는 것으로 이
해하게 된다. 그래서 안으로부터 생명 본연의 진리
의식이 깨어나면 그것을 보고 내 안의 성령이 깨어나

고 불성이 일어난다고 하는 것이다.

　2500년 전, 붓다가 세상을 떠나기 직전에 마지막으로 가르침을 청하는 제자를 향해 [자등명 법등명]을 설법하시던 속마음이 그런 것이 아니었을까.

행복과 희망

시대가 변하고 장소가 바뀌면 사람들의 마음도 변하는 것이 자연의 순리로 보인다. 그러나 변하지 않는 것도 있다. 바로 우리 몸의 건강과 행복에 대한 애착이 그것이다. 한 해가 지나고 새해가 오면 약속을 하지 않아도 너나없이 서로의 첫 인사가 건강과 행복을 축복하는 것으로 시작하는 것만 보아도 쉽게 수긍이 된다.

실제로 인류 역사는 궁극적으로 각자의 건강과 행복을 찾아가는 긴 여정이라고 해도 크게 무리가 없을 것 같다. 그런데 지나온 과정을 보면 쉽게 납득이 되지 않는 부분이 있다. 1936년 우리나라의 평균 수명이 46세라는 통계가 있는데 80년이 겨우 지난 2016

년에는 거의 두 배로 늘어난 82세로 나타났다. 확실한지는 모르지만 그 같은 결과의 배경에는 복합적인 여러 해석이 가능해 보인다. 그동안의 혁신적인 의료 기술 발전은 말할 것도 없고, 급격한 경제 발전에 따른 복지 제도의 증진과 위생 환경 개선, 그리고 식생활의 안정과 질적 향상 등을 생각해 보게 되는데 이대로의 추세라면 100세 이상의 수명도 멀리 있지 않아 보인다.

그런데 건강과 더불어 인간의 최대 소망인 행복으로 생각을 돌리면 아무래도 긍정적으로 보기는 어려울 것 같다. 국민 소득이 채 100불도 안 되었던 '50~60년대 당시의 선거 구호에 "못 살겠다. 갈아 보자."라고 하던 육성이 지금도 귓전에 맴도는데 그때의 소득과 단순 비교하면 무려 300배가 넘는 3만 불시대의 2020 선거에서도 같은 구호가 등장하고, 거리의 요소마다 각종의 시위대로 시끄러운 현장을 목격할 때면 행복의 본질이 무엇인지 당혹스러울 때가 있다.

그런 가운데 가끔 [행복 바이러스]라는 말을 듣게 된다. 바이러스라고 하면 [코로나19] 팬데믹이 한창 세상을 불안하게 하는 마당에서 어떻게 행복을 바이러스에 비유할까 의아한 마음이 들기도 하는데, 그것은 전염성이라는 공통점 때문이라고 한다.

바이러스의 빠른 전염성은 [코로나19]로 충분히 학습이 되었지만 행복 바이러스는 어떻게 전염이 되는지 궁금해진다. 그런데 행복한 사람이 옆에 오면 같이 있는 사람도 함께 행복해진다고 하는 미국 하버드 대학의 연구 결과가 있다.

전염성이 아닌 또 하나의 이유는 변이성을 지적한다. 바이러스는 전염성이 높기도 하지만 변이성도 대단히 높은 것으로 알려져 있다. 거기에 비할 때 행복 바이러스도 일반 바이러스에 변이성이 뒤지지 않는다. 그래서 행복이 손안에 잡혔다고 생각하면 어느 사이에 낯선 모습으로 변이되어 있음을 문득 깨닫게 된다.

만일 세상에서 행복을 확실하게 잡을 수 있는 백신이 개발되면 더 할 수 없는 축복이라고 기뻐할 수도 있지만 한편에서는 인생에서 가장 귀한 선물일수도 있는 희망을 몽땅 내려놓아야 하는 불행한 날로 기억할 수도 있을 것 같다. 단테(1265~1321)의 『신곡(神曲)』에도 지옥문으로 들어가려면 모든 희망을 버리라고 하지 않았나.

[절대 행복]을 차지해도 희망은 저절로 필요 없어져 사라져 버리고, 지옥문을 들어가도 모든 희망을 포기해야 하는 인생! 어느 쪽도 희망을 가질 수 없기로는 매한가지이다.

아담과 이브는 에덴동산에서 절대 행복을 참지 못하고, 유혹을 받아들였다.

염치가 있어야지

한자의 인(人)이라는 글자가 상징적으로 보여 주듯 사람은 서로 의지하며 상부상조하는 공동체의 일원으로 살아간다. 물론 다른 생물체에서도 집단생활을 많이 보게 되지만 거기서는 각기 정해진 역할 안에서 협력하고 있을 뿐 인간 사회처럼 다양한 모습을 보여 주지는 않는다.

그만큼 사람은 사적이든 공적이든 이미 정해진 역할만이 아니고 언제, 어디서나 필요하면 스스로 도움을 주기도 하고 받기도 하면서 물심양면으로 안정을 찾아간다. 그런데 모든 생활에서 그러하듯 여기에도 예의가 있고 도리가 있다.

성서(마태복음 6:3)에는 "오른손이 하는 일을 왼손이 모르게 하라."고 했고, 불교에서도 "무주상보시"를 하라고 가르쳤다. 표현 방식이 다를 뿐 의미는 같은 말이다. 요즘에 흔히 쓰는 말로는 남들보다 가진 것이 많다고 갑질 행세를 조심하라는 경고의 의미로 들린다. 우월감을 갖지 말고 마음 씀씀이를 잘하라는 뜻으로, 당연히 공감이 가지만 마음가짐이 중요하다는 뜻이라면 오히려 받는 사람의 마음이 먼저라고 생각된다.

도움을 받는 입장에서 고마운 줄 모르고, 더 많이 받지 못해 불평하는 사람은 습관적으로 게을러지고 자립 의지가 없다. 반면에 작은 일에도 늘 감사하는 마음과 염치를 아는 사람은 상대방을 기쁘게 하기도 하지만 스스로도 빨리 자립하겠다는 마음을 다지게 해서 자신에게 더 많은 기회를 보상받게 이끌어 준다.

그런데 작금의 현실은 그렇지가 않다. 우리나라를 포함한 선진국 등에서도 이런 저런 이유로 국민 세금을 자기 주머니에서 선심 쓰듯 뿌리며 표를 의식한 각종 무상 지원금도 경쟁적으로 올려 주지 못해 야단이다.

그래서 일할 수 있는 젊은 청년들 중에도 소위 니트(NEET)족이 되어 취업을 포기하는 경향이 늘어나고, 영세한 기업들은 일손 구하기가 갈수록 힘들어진다고 한다.

지원이 필요한 사람에게 도움의 손길을 펴는 것은 당연하다. 그러나 자립 의지를 꺾는 도움은 독(毒)일 뿐이다. 하늘도 스스로 돕는 자를 돕는다고 하였다. 자립 의지를 격려하고 용기를 가질 수 있도록 도움을 주는 것이 진정한 보시다. 개인이나 국가도 마찬가지다. 예수님, 부처님이 다시 오신다면 오늘은 무슨 말씀을 주실지 궁금하다. "오른손에도 왼손에도 염치가 있어야지." 하지 않으실까.

변증법

　우리 대한민국은 안에서는 남북으로, 밖에서는 동
서로 갈라진 이념 대립으로 6·25라는 동족 간의 끔
찍한 희생을 치러야 했다. 그로부터 70년의 세월이
지난 지금까지도 사정이 달라진 것은 별로 보이지 않
고 이념의 골은 더욱 깊어 가는 모양새다.

　돌아보면 이념이 어제 오늘만의 문제가 아닌 듯하
다. 이념이 정확히 언제부터 나타났는지 모르지만
근대 이전에도 가치관에서 오는 이념의 차이는 언제
나 있었던 것으로 보인다. 정치뿐만 아니라 경제, 사
회나 종교, 문화적으로도 늘상 그랬다.

　특히 기원전 중국의 춘추전국시대에는 유가와 도

가를 비롯한 수많은 사상가들이 나타나서 백가쟁명 시대를 열었고 그 뒤에 한참 세월이 지나서는 우리나라도 유교 이념을 수용해서 사회 문화 전반에 지대한 영향이 있었다. 그중에는 물론 긍정적인 결과도 있었지만 국론을 크게 갈라놓고 명분에 갇힌 사색당파의 추태를 보여 주기도 하였다.

이같이 처음에는 특정 지역에서 일어난 이념의 작은 물줄기가 시간이 지나면 점차 주변을 침식하며 힘을 키우는데 일부는 호수처럼 한 지역에 고정되어 머물다가 오래가지 못하고 제자리에서 말라 버리기도 하지만 나머지 일부는 큰 강물이 되어 넓은 바다처럼 휩쓸면서 나아가기도 한다. 그러다가 중간에서 작은 제방이 가로막으면 힘으로 무너뜨리고 역사의 물길을 새롭게 바꿔 놓는다.

그런데 이념의 강물이 처음 발원지를 출발할 때는 가까운 주변의 메마른 땅을 촉촉하게 적셔주면서 금세 기름진 대지로 바꿔 놓을 듯하여 단번에 관심을 끌기도 하지만 막상 큰 강물이 형성되어 절대적인 영향력을 갖게 되면 반드시 문제를 발생시킨다. 즉 강물이 힘차게 불어나면 전에는 볼 수 없던 다양한 어족(권력 집단)들이 사방에서 꼬여 들고, 그러면 그 안에서 권력의 낚시를 교묘하게 즐기는 무리들이 나타난다.

그때가 되면 발원지에서 처음 보여 주던 순수함은 흐려지고 어느새 강물에 넘쳐 나던 이념의 색깔도 뜻을 함께하던 이웃들도 예전 같지 않다. 자연히 새로운 발원지를 찾아 방향을 돌리는 무리가 모인다. 변증법의 원리다.

창조와 진화

　창조론과 진화론은 생물학자 찰스 다윈(Charles R. Darwin, 1809~1882) 이래 아직까지 논쟁이 지속되고 있는 현재 진행형이다. 과학적인 입장으로는 당연히 진화론이 더 합리적이고 가깝다는 생각이 되지만 우주의 깊은 신비에 비할 때 아직도 과학의 발전 단계가 해변에서 조약돌 몇 개 집어 올린 수준임을 고려하면 단순한 문제가 아닌 것 같다.

　무엇보다도 사람과 그 밖의 모든 생물들이 지구 행성에서 함께 공존하고는 있지만 양자의 세계는 엄연히 차원이 다르다. 즉 사람 사는 세상이 3차원의 세계라고 하면, 바다와 하늘과 땅에 서식하는 일체의 생명체는 2차원의 세계에서 벗어나지 못한다고 할 수 있다.

　구체적으로 우선 사람들의 생활은 시간상으로 과거·현재·미래가 하나의 연결선에서 통합적인 인식의 바탕 위에 이루어지고, 공간적으로는 현실(공간), 가상(공간), 우주(공간)의 다중 공간(Multi-Space) 속에서 각각의 사유(思惟)를 극대화하며,

　특히 우주 공간에서는 물리적인 공간만이 아닌 종교적인 공간까지 확대하여 처음부터 하늘을 보는 경천(敬天) 의식이 있었다. 그뿐 아니라 다른 생물들은 본능적인 자연의 순리에 의존하는 것이 전부지만 사람들은 본능 이외에 자의식에 따른 독자적인 결정이나 판단을 하면서도 무의식적으로 영적 경험을 하기도 한다.

　이 같은 정황으로 보면 학계에서 주장하는 생물학적인 진화는 어디까지나 기능적인 진화론이지, 의식계의 차원을 달리하는 철학적 진화론으로 올라서기

에는 아무래도 설득력이 부족해 보인다. 한편으로, 아직은 모든 것이 신비에 가려진 하나님의 창조론에서 보면, 언어적인 영역이 지극히 제한적일 수밖에 없는 당시에 과학적인 설득력을 확보하기에는 역부족이었을 것이다. 따라서 차선의 선택은 은유적이고 축약적인 방식의 설명으로 대체하는 외에는 다른 길이 없었을 것이다.

이와 같이 진화론과 창조론이 갖는 각자의 한계를 생각하면 이제까지 서로 화해하지 못하는 이유를 수긍하게 된다. 그렇다고 해도 종교와 과학은 별개의 남남 관계가 아니고 어느 세계서나 서로의 협력을 필요로 하는 보완의 관계로 보아야 한다.

그래서 20세기 천재 과학자로 널리 알고 있는 아인슈타인도 "종교가 없는 과학은 온전하게 걸을 수 없고, 과학이 없는 종교는 온전히 볼 수가 없다."고 했는데 그 말에 온전히 동의하게 된다. 그래서 우리 인간이 성경(창세기 1:28) 말씀처럼 진실로 축복받은 존재임을 마음속에 받아들일 때, 비로소 창조론과 진화론이 얽혀 있는 매듭도 하나씩 풀릴 수 있는 실마리를 찾게 될 것으로 보인다.

하늘 천(天) 땅 지(地)

하늘이 높고 화창한 날, 파도 소리도 조용한 해변에서 멀리 수평선을 바라보고 있노라면, 혹은 해 밝은 호숫가에서 물속 깊이 가라앉은 흰 구름을 눈으로 따라가다 보면 어느새 하늘과 바다와 호수가 하나가 된다. 그리고 끝없이 펼쳐지는 하늘과 사막의 지평이 만나는 신비한 연출 앞에서는 세상의 모든 사사로움이 덧없는 한 편의 꿈같기만 하다. 그럴 때면 어디까지가 하늘이고 바다와 호수와 땅과 나는 어디에 있는지 경계가 무의미하다.

철없는 어린 아이에게 "엄마가 얼마나 좋아." 하고 물으면 조금도 망설임 없이 "하늘만큼 땅만큼"이라고 대답하는 것을 볼 수 있는데 일찍부터 동양에는 하늘과 땅과 사람을 하나로 보는 사상이 있었고 우리나라의 건국이념인 [홍익인간]의 배경에도 유사하게 나타난다. 건국 설화와 관계되는 『천부경(天符經)』은 모두 81개의 한자가 전부인데, 그 가운데 일(一)부터 십(十)까지의 숫자가 마치 암호문처럼 들어가서 해석하는 사람에 따라 내용에 조금씩 차이가 보인다. 그런데도 앞에 나오는 일, 이, 삼(一, 二, 三)의 숫자는 각기 하늘(天), 땅(地), 사람(人)을 가리키고, 전체적으로 우주 창조의 원리가 들어 있다는 생각에는 이견이 없는 듯하다.

특히 『천부경』의 문장 가운데 [일묘연 만왕만래 용변부동본(一妙衍 萬往萬來 用変不動本)]이라는 글이 있는데,

[하늘이 오묘하게 멀리까지 펼쳐지고
만물은 그 안에서 오고가고 하는데
(그때마다)쓰임새는 변하여도
본래 성품에는 움직임이 없다.]

라는 뜻으로 풀이가 가능하겠다. 그동안 막연히 미개했을 거라고 생각하던 우리 조상들의 예민한 통찰력이 새롭게 느껴져 부끄럽고 미안하기도 하다.

아름다운 자연에 홀려 잠시 정신이 팔려 있는 동안 눈부시게 황홀하던 하늘은 어느새 구름 타고 내려가고 어둠이 그 자리를 물려받을 준비를 한다. 때를 알면 물러날 줄 아는 배려가 더욱 애틋하게 서쪽 하늘을 물들이는 시간이다.

자연과 더불어 교감하고 대화를 나누며 그 안에서 오롯이 자신의 꿈을 키워 가는 인간은 진실로 축복받은 존재가 아닐 수 없을 것 같다.

꿈의 해석 2

하나의 작은 별에 지나지 않는 이 지구상에는 상상을 초월하는 수많은 생명체들이 어울려 각기 다양한 형태의 삶을 이어 가고 있는데, 이 가운데 우리 인간과 다른 동물계를 구별할 수 있는 가장 확실한 기준이라면 무엇이 있을까 생각해 본다.

물론 그 안에서 여러 기준을 찾을 수 있겠지만 아무래도 '꿈이 있느냐 없느냐'의 기준보다 더 큰 공감을 주는 것은 없을 것 같다. 한마디로 인간은 '꿈을 먹고 사는 존재'라고 해도 전혀 어색하지 않다.

만일 인간의 삶에서 꿈을 제거하라고 한다면 그 뒤에 무엇이 남으며, 과연 다른 동물세계와 구별이 가능할까 하는 의문이 남는다. 그동안에 인류가 애써서 개척하고 현재 우리가 누리며 사는 모든 문화와 문명이란 것이 크거나 작거나 꿈의 결정체가 아닌 것이 없기 때문이다.

여기서 잠시 주목하게 되는 것은 꿈(Dream)이라는 단어가 갖는 의미에는 일반적으로 두 개의 해석이 가능하다는 것인데, 하나는 미래의 큰 희망이나 소망과 연관이 되는 깨어 있는 의식계의 정신 현상이고 다른 하나는 사람들이 잠들어 있는 동안 생시처럼 보고 느끼는 무의식 상태의 생리현상이다. 그러나 이 두 가지 의미의 꿈은 각기 독자적으로 존재하는 별개의 현상이 아니고 내면의 은밀한 관계 속에 이른바 〈소원성취〉라는 양자의 본질을 공유한다.

우리가 장래의 실현을 염원하는 미래의 꿈뿐만 아니라 생리적인 꿈 문제에 대한 학문적 해석에 젊은 시절부터 높은 관심을 갖고 성찰하여 처음으로 정신분석학을 개척한 지그문트 프로이트(Sigmund Freud, 1856-1939)는 일종의 생리현상인 꿈도 오래전의 과거로부터 비롯되었거나 심지어 꿈을 꾸기 전날의 억압된 소원들이 성취되는 것으로 그 뿌리를 추적해 가면 무의식 속에 깊이 잠재한 유아기 때의 억압된 욕구가 숨어 있는 것을 확인하고 그때까지 아무도 주목하지 못했던 무의식의 세계를 실제적인 정신 활동영역으로 끌어내었다.

그러나 아리스토텔레스(BC 384-322)에서부터 시작하여 프로이트 이전까지 2천 년 넘게 지속해 내려온 꿈에 대한 연구가 그때까지 어둠에 가려져서 수수께끼로 남아 있는 꿈의 실체를 모두 풀어낸 것은 아니고, 다만 그동안 아무도 주목하지 못했던 무의식세계를 현실의 무대로 끌어내는 하나의 새 이정표를 기록했다는 데 그 의미를 찾을 수 있겠다.

장장 인류의 시작과 함께 오랜 역사를 간직한 꿈에대한 의문은 대체로 크게 두 가지 견해의 대립된 해석을 보이는데, 그중 하나는 단순한 생리현상이라는 견해이고, 다음은 꿈 내용에 일정한 의미를 부여해서 어떤 초인적인 예언이나 경고성 메시지 또는 별도의 해석이 필요한 상징적인 메시지로 보아야 한다는 전통적 견해가 그것이다.

프로이트는 자신의 여러 작품 가운데 스스로 가장 높이 평가한『꿈의 해석』에서 본인을 포함한 여러 사례를 직접 인용하면서 위장된 "소원성취"라는 꿈의 본질적 의미를 부여하는 데 힘을 쏟았다. 그 후에도 여러 학문적 노력이 있었지만 관련 과학이 앞 사람의 연구 성과를 뒷사람이 이어받는 형태의 체계적인 발전을 가져온 것은 아니고, 다만 그때그때마다 유사한 문제들로 다시 돌아가는 모양새의 문헌들이 전부라고 한다.

이 같은 모습은 꿈의 과학이 차지하는 학문적 특수성을 여실히 보여 주는 듯하다. 따라서 꿈에 대한 학문적 접근은 앞으로도 꾸준한 관심과 인내심을 모아야 할 것 같다.

그런 중에도 주목되는 성과는 주로 심리적, 생리적 자극과 억압에 따른 정신작용-정신병리학이나 정신분석학적 연구로 나타나는데, 일부에서는 여전히 꿈 해석의 의미를 부정하거나 무시하려는 측면이 없지 않다.

이렇게 꿈의 과학에 대한 학문적 성과가 일부의 제한된 범위에서 벗어나지 못하는 가운데, 전통적인 꿈 해석은 이전과 다름없는 자리는 물론이고 인공지능(AI)을 포함한 우주과학의 경이로운 발전을 지켜보는 현대문명 속에서도 나날이 복잡해지고 예측이 어려운 사회적 환경에 힘입어 그 존재감이 더 넓게 살아나는 느낌이다. 그런 점에서 꿈에 대한 학문적 관점이나 전통적 관점이나 어느 한편의 일방적인 평가는 쉽지 않아 보인다. 이런 현실에 직면하면 단편적이지만 나의 실제적인 꿈 체험을 잠시 돌아보지 않을 수 없는 한계를 실감하게 된다.

어느 날인지 정확한 기억은 없지만 그때의 꿈 내용은 지금도 생생하게 되살아난다. 당시에는 국가적인 외환 사정이나 남북한 간의 정치적, 군사적 긴장관계 등을 이유로 자유로운 해외여행이 엄격하게 제한되던 때이고, 따라서 웬만하면 누구에게나 한 번쯤 해외여행의 꿈이 있었다. 그러던 어느 날 한 여인이 꿈에 나타나 새파란 벼이삭을 입안에 넣고 씹어 보면서 한 달 뒤에는 먹게 되겠다고 말하는 가운데 잠에서 깨어났다. 그날로부터 정확하게 한 달이 되는 30일 후에 출국준비를 하라는 통보를 받았다. 시간과 공간의 제약 안에 갇혀 있는 3차원 세계에서는 전혀 이해가 되지 않는 체험이었다.

또 한번은 학교 근처에서 자취 생활을 하던 추운 겨울이었다. 집집마다 연탄을 사용하고 주거환경이 비교적 열악한 편이어서 가스중독으로 생명을 잃는 일이 자주 신문지상에 오르던 시절이다. 무서운 악몽에 시달리다가 저절로 비명 소리를 내며 잠에서 깨어났다. 반사적으로 윗몸을 일으켜 세웠지만 머리가 심하게 아프고 몸의 균형을 바르게 할 수가 없었다. 그 순간 가스중독임을 직감하고 정신을 차리지 못하면 죽는다는 생각이 밀려왔다. 그때의 악몽이 잠을 깨우지 않았으면 다시는 세상을 볼 수 없었을 것이라는 생각은 지금도 변함이 없다.

누구나 세상을 살다 보면 특별히 인상에 남는 꿈이 있겠지만 그 가운데 하나만 더 기억에서 찾아본다. 이미 오래전에 고인이 되신 전직 대통령을 만나서 세 번의 인사를 드렸다. 물론 꿈에서는 전직이 아니고 그냥 대통령이라는 생각뿐이었다. 그런데 오래되지 않아서 실제로 현직 대통령을 예방하는 기회를 가졌던 기억이 새롭다.

현실적인 사례들을 떠올리면 여러 연구가들의 학문적 성과를 긍정적으로 평가하면서도 전통적인 꿈 해석을 무시하기엔 쉽게 마음이 가지 않는다. 그래서 학문적 연구성과가 축소 절하되는 것은 물론 아니지만, 이런 이유들이 힘이 되어서 작지만 나에게 새로운 시각의 해석을 가져다준다. 꿈 현상은 심리적, 생리적 작용의 결과로만 보기는 어렵고 분명히 우리가 아는 현상을 뛰어넘는 어떤 힘의 관섭을 배제할 수 없는 신비한 생명 현상의 하나이며, 특히 온생명 본연의 〈보호본능〉과 깊은 관련이 있는 것으로 보인다.

우리가 쉽게 생각하는 심리적, 생리적 반응이라고 보는 것도 궁극적으로 보호본능의 일부라고 이해될 수 있지만, 초현실적인 외부간섭도 크게 보아서 자연의 동일 생명[불교적 생명관] 현상으로 이해할 수도 있지 않을까 생각된다.

이렇게 알게 모르게 일상 속에 깊이 자리한 꿈 현상에는 또 다른 관심의 대상이 발견된다. 우리가 꿈 내용을 시각적으로 접하게 되는 메커니즘은 우리 뇌의 여러 기능 가운데 '생체형 모니터'와 같은 특수가능이 있기 때문이다. 뇌는 우리 몸에서 중추신경계를 관장하는 기관으로 몸 상태의 균형을 유지하는 감각이나 감정, 기억, 인지 학습 등의 여러 복합적 기능이 있는 것은 잘 알려져 있으나 꿈을 관리하고 꿈 내용을 시각적으로 나타내는 특수기능에는 관심을 보이지 않는다. 알려진 대로 뇌 활동은 뇌신경에서 발생하는 뇌파(腦派)와 관계되는 것으로 심신이 불안

하고 허약하면 뇌파에 반응을 일으켜 꿈에서도 여러 부조리하고 불합리한 모습으로 모니터 기능에 비치는 것으로 생각된다.

그 외에도 뇌가 하는 모니터 기능에는 흑백과 천연색 컬러의 양면기능이 있어서 단순 생리적인 뇌파는 대체로 흑백으로 보이고, 외부에서 오는 특수파동에 반응하면 경우에 따라 컬러영상으로 선명하게 보이기도 한다고 분석된다.

우리는 굳이 종교적인 사람이 아니라도 '인생은 고행의 바다(苦海)'라고 흔히 표현하는 것을 볼 수 있는데, 방향을 알 수 없는 망망대해에서 안전한 항해를 계속하려면 나침반이 필수품인 것처럼 역시 우리의 험난한 고해(苦海)에서도 꿈[소원, 희망, 욕망, 이상]이 없으면 방향을 찾지 못하고 제자리에서 표류를 거듭하다가 결국은 좌초하고 침몰할 수밖에 없는 것은 당연한 귀결일 것이다. 그래서 꿈(Dream)은 우리가 지향하는 방향과 함께 앞으로 나가는 힘과 용기를 살려 주는 생명 본래의 '보호본능'의 일부이며 인간이 갖는 자연의 축복인 것이다.

그러나 바다에서 나침반이 안전한 항해를 보장해
주는 것은 아니듯이 우리의 꿈도 바로 그러하다 하
겠다.

우상이라는 우상

21C 벽두부터 세계 문화유산인 바미안 석불이 무자비한 포 세례를 받고 세상에서 흔적도 없이 사라졌다. 이슬람의 일부 세력에 의한 무분별한 행위로 보기엔 문화와 예술을 사랑하는 모든 사람의 충격이 너무도 크다. 불교 국가는 말할 것도 없고 이슬람 사회에서도 반대의 목소리가 이어졌지만 끝내 우상이라는 이유로 파괴되는 것을 지켜볼 수밖에 없었다.

우상은 이슬람만이 아니고 같은 아브라함 계통의 기독교에도 금지 사항의 하나다. 그러나 세계인의 보물까지 교리를 이유로 말살하는 행위는 아무래도 상식을 벗어난 하나의 폭력이 아닐 수 없다. 그러면 각종 기념물의 동상이나 초상화도 우상의 이름으로 같은 운명이 되지 않을까 걱정스럽다. 군인에게도 그들의 귀감이 되는 우상이 있고 의료인이나 정치인도 자신을 희생하고 헌신한 우상이 필요하다. 물론 세상에는 우상으로 포장된 사이비도 많다. 특히 독재 국가가 그렇다.

아무튼 지금 우리가 보고 있는 다양한 불상들은 불교가 일어난 초기에는 존재하지 않았는데 뒤에 헬레니즘의 영향을 받은 간다라 미술을 꽃피우면서 나타난 현상으로 불교는 태생적으로 우상하고는 거리가 먼 종교라고 할 수 있다.

그것은 불교의 상징이라고 할 수 있는 삼법인(三法印)이 보여 주듯이 무상(無常)과 무아(無我), 그리고 일체의 어떤 형상에도 애착을 버리라고 하는 무주상(無住相)이 불교적 사유(思惟)의 출발선이기 때문이다. 그것이 바미안 석불이 안겨 주는 더 큰 아픔으로 다가온다. 합리성보다는 믿음을 더 중요시하는 신심(信心)이 종교적 속성이라고 이해는 하지만 생명과 평화보다 앞에 가는 믿음이란 생각할 수가 없다.

에덴의 유혹

역사는 과거를 거울삼아 미래를 비추어 보는 데서 그 의미를 찾는다고 하면, 모든 조건이 충족해서 전혀 부족함이 없는 천국이나 극락 같은 세계는 당연히 역사가 필요 없을 것 같다. 더 이상 기대할 것도 없고 걱정할 일도 없는데 지나온 과거를 돌아볼 필요가 어디 있고 미래를 살펴야 할 이유가 무엇인가.

그런데 성서에는 천국이나 다름없다는 에덴동산에 간교한 뱀이 존재하고, 행복이 보장되어 보이는 인간에게 접근하여 유혹하는 모습이 보인다. 물론 종교적인 입장에서는 적절한 해석이 성립할 수 있겠지만 일반적인 상식으로는 이해가 되지 않는다.

그래서 추측되는 것이 간교하다는 뱀의 존재는 실체적인 형상으로 생각하기보다 하나의 은유적인 표상으로 보아야 할 것 같다. 언제부터라고 단정할 수는 없으나 인간의 정신세계 내부에 깊이 잠재되어 있던 자의식(自意識)이 어느 날부터 조금씩 깨어나면서 그동안 온실 속의 꽃 같은 생활에 회의가 일어나는 것을 두고 뱀의 유혹으로 돌려 은유적으로 표현했을 것으로 이해된다.

　'인간에게 특별히 복을 주어 땅을 정복하게 하고 바다와 하늘과 땅에 움직이는 모든 생물을 다스리게(창세기 1:28)' 하였으면 마땅히 그에 대응하는 수준의 자유 의지가 있어야 하기 때문이다. 따라서 인간은 온실같이 한정된 범위의 작은 동산에 적응하기에는 애초부터 부적합한 존재였다. 이것이 어머니 자궁 같은 에덴동산에서 밖으로 나오게 한 최초의 유인(誘引)이었고, 그것을 뱀의 유혹으로 비유했다면 지나친 비약인가.

이와는 별도로 성서와 같이 서양 문명의 정신적 원류라고 하는 그리스 신화에도 유사한 내용의 이야기가 있다. 신화를 배경으로 한 인류 최고(最古)의 장편 서사시 『오디세이아』에서 주인공 오디세우스는 자기 스스로 자유 의지에 따라 아름다운 요정인 칼립소의 유혹을 끝내 물리치고, 그녀의 낙원에 주저앉는 대신 고난과 역경이 기다리고 있는 험난한 귀향길을 선택한다.

호메로스의 『오디세이아』가 오늘날에도 성서와 함께 세인의 사랑을 받을 수 있는 것은 그 안에서 인생에 대한 성찰과 깊은 지혜를 얻을 수 있다고 믿기 때문이다. 한편, 에덴동산이 우리에게 주는 또 하나의 의미가 있다면, 그리스 신화에서 프로메테우스가 하늘에서 불을 훔친 죄로 제우스신으로부터 벌을 받고 쫓겨났다고 한다면, 아담과 이브는 에덴동산에서 시간(역사)을 훔친 죄로 벌을 받고 쫓겨난 것으로 보이는 것이다.

그러니까 간사하다는 뱀의 유혹은 잠들어 있는 자의식이 깨어나는 과정이고, 먹지 못하게 금지령을 내린 금단의 열매는 곧 시간을 상징하는 열매로 이해된다.

아무튼 인류의 영원한 문화유산으로 자리 잡은 성서와 그리스 신화를 통해서 우리는 온실의 화초로 주저앉기 보다는 밖에서 눈비에 젖고 찬바람에 시달려도 그 속에서 진정한 영혼의 가치를 실현할 수 있다는 교훈을 새삼 확인하게 된다. 아무리 먹이가 풍부하고 따듯한 새장 안이라도 날개를 가진 새들은 하늘 높이 날아야 한다.

"날지 않는 새는 새가 아니다."

호모사피엔스

우주 공간에서 보면 하나의 작은 먼지에 불과한 지구상에서 수많은 생명체들이 영역을 다투며 함께 살아가고 있다. 그 가운데 특히 사람들은 다른 생물과 마찬가지로 본능에 의존하거나 또는 이전 세대로부터 필요한 지식과 지혜를 배우면서 삶을 이어 가기도 하지만 한편으로는 언제나 새로운 것에 대한 갈증을 느끼며 살아간다.

이러한 갈증들이 일정 기간 쌓이고 누적되면 언젠가는 창의력이 개화되고 성숙하여 이전에 볼 수 없던 새로운 문명과 문화가 나타난다. 그렇게 역사를 이루어 가면서도 각자 개인으로는 자신의 삶에서 인간적인 회의를 배제하지 못한다.

"나는 누구이며, 어떻게, 왜 살아야 하는가?"

막연하면서 이성에 호소라도 하는듯한 의심들이 슬쩍 자의식을 건드린다. 고대 그리스 철학자 소크라테스도 "너 자신을 알라."고 주문해 왔다고 하는데 말처럼 쉬운 문제가 아닌 것 같다. 저마다 생각이 다르고, 가치관이 항상 같을 수도 없는데 어떤 기준으로 판단하고 [나]를 이해해야 하는지 정말 알 수가 없다. 그런데 전혀 방법이 없는 것도 아니다.

세상의 모든 존재는 그만의 고유한 특성과 형태가 있고 그에 따른 적합한 기능과 용도가 있게 마련이다. 사람들이 무엇을 만들려고 할 때도 우선 용도부터 생각하고, 거기에 맞는 재료와 형태 및 디자인을 구상한다. 그러면서 더 가볍게, 더 튼튼하게, 더 작게…. 이런 문제는 부차적으로 따라간다. 집을 지을 때도 기본 형식이 있고 가재도구 같은 것도 마찬가지다.

하물며 하나님이 인간을 지으면서 그 쓰임새를 생

각하지 않고 창조하시지는 않았을 것이고, 생물학적 진화의 결과로 인정해도 인간의 쓰임새와 무관하게 진화하지는 않았을 것이다. 따라서 사람들이 왜, 무엇을 위해서, 어떻게 살아야 하는가를 생각하려면 먼저 그 생긴 모습부터 살피고, 또 어떤 특성을 갖고 있는지 알아내는 것이 순서라고 보여진다. 그런 의미로 인간의 외형적인 생김새는 다른 생물과 크게 구별되는 것이 있다.

유일하게 직립 보행하는 인간은 머리를 하늘로 향하고 있고, 두 다리는 땅을 밟고 있으며 양팔과 손은 하늘과 땅 사이에서 자유롭게 움직이는, 이른바 천·지·인의 삼합을 갖춘 형태다. 그리고 인체 내면에는 다른 생물에서는 볼 수 없는 아주 특별함이 발견된다. 사람들의 머리 안에는 [진·선·미]라는 이름의 보석보다 귀한 원석(原石)으로 무한정의 광맥을 이루고 있는 일종의 특수 광산이 발견된다. 거기서 광맥을 발굴하고 무한의 부가 가치를 창출해 가는 인간의 창의성이야말로 진정한 호모사피엔스의 정체성이기도 하다. 그런데 아무리 품질이 뛰어난 특급 광산이라도 원석에는 온갖 불순물들이 섞여 있다. 여기서 불순물들을 제거하는 일련의 어려운 과정을 거치면서 부가 가치를 올리는 창의력은 오직 호모사피엔스 자신의 몫이다.

거기는 지혜를 밝히는 수행도 필요하고 강한 의지를 길러 주는 인내심도 요구된다. 이 같은 최소한의 노력도 없이 불순물이 섞여 있는 그대로 내 안의 원석을 무단 방치하는 행위는 스스로 정체성을 부정하고 유기하는 무책임의 원형이 아닐 수 없다.

우연과 필연

세상에서 살다 보면 이해할 수 없는 일들이 한둘이 아니다. 우주 공간과 생명의 탄생부터 만물이 순환하는 자연 현상까지 어느 하나 신비롭지 않은 것이 없다. 그래서 신화도 많고 종교도 다양하고 학설도 계속해서 새로운 것이 나타난다. 그 가운데 오늘까지 가장 많은 사람들의 관심 속에 살아 있는 것이 기독교의 창조설과 불교의 윤회설, 그리고 동양 전통의 음양론이 있고 과학계의 학설로는 빅뱅(Big Bang)론이 유력하다.

이처럼 창조론에서 빅뱅까지 여러 해석이 공존하는 것은 세상에 대한 사람들의 관심이 크다는 반영이다. 먼저 창조론을 보면 태초에 하나님이 천지를 창조하실 때 정말 아무것도 없는 무(無)의 상태에서 유(有)를 이룬 것이 아니고 기존의 혼돈(Chaos)하고 형체가 없는 상태(창세기 1:2)에서 일련의 질서를 정립해 가는 과정으로 이해된다.

분명한 것은 무(無)에서 유(有)가 되는 과정은 우연(偶然)이지만 어떤 상태에서 새로운 질서를 찾아가는 과정은 필연(必然)인 것이다. 태초의 하나님도 유(有)이고 [혼돈하고 공허한 땅]도 유(有)이다. 따라서 세상의 모든 유(존재)의 의미는 창조보다는 상호 관계에서 찾는 것이 더 합리적으로 보인다.

한편, 동양 의학에서 하나의 소우주(小宇宙)로 생각하는 우리 인체 구성도 무수한 세포와 미생물, 그리고 다양한 성질의 무기물들로 이루어지고, 그것들이 상호 의존 관계에서 신진대사가 반복되기 때문에 전 생명으로 지속 가능한데 대우주 생명도 같은 이치에서 다를 수가 없다.

지금 죽어 가는 자연 생태계를 살려야 한다고 전세계가 움직이고 있는 것만 보아도 충분히 알 수 있는 일이다. 이 같은 입장이면 자연에서 볼 수 있는 일체 현상이라는 것도 [우주 생명] 자체의 지속적인 신진대사 활동의 일환으로 이해할 수는 없는 걸까. 불교에서 말하는 [윤회]나 동양 철학이라는 음양의 원리도 단순한 물리적 현상론을 넘어 더 큰 생명에서의 유기적인 신진대사 운동이란 생각으로 보면 이제까지 신비와 두려움으로 경외(敬畏)의 대상이던 진리 실상에 좀 더 친근한 마음으로 가까워지지 않을까.

『천부경(天符經)』이 전해 주는 [일묘연 만왕만래 용변부동본(一妙衍 萬往萬來 用変不動本)]의 경계가 그런 것이라고 해도 무리는 없어 보인다.

일수사견

어느 날 사과나무에서 우연히 사과 하나가 아래로 떨어지는 것을 보고도 17C 영국 과학자 뉴턴은 그 원인이 중력임을 알았다고 한다. 이렇게 사소하고 경미한 것에도 모든 현상의 뒤에는 반드시 원인이 있다고 인과율을 말하고 있다. 인과관계는 경우에 따라 원인이 되기도 하고 동시에 결과가 되기도 하는 것이, 마치 자연 생태계의 먹이 사슬에서 포식자가 되었다가 다시 먹잇감이 되는 것과도 같은 모습이다.

불교에서는 인과율을 특히 강조하는데 배경에는 우리 인간이 누리는 자율성이 있다. 다른 생물들은 본능이나 생태계 서열에 따라 질서를 유지하기 때문에 인과에 대한 책임을 물을 수 없지만, 생태계의 최고 위치에 있는 인간은 일정한 범위 안에서 자율성을 갖고 스스로 질서를 책임져야 해서 인과에서 자유롭지가 못하다. 그러나 개개인의 생각이 같지 않고 가치관에도 차이가 있어서 같은 결과에도 책임의 한계는 각기 다를 수밖에 없다.

일수사견(一水四見)이란 말이 있는 것처럼 동일한 대상을 바라(望)보고 있어도 그 앞에서 어떤 느낌을 받는가에 따라 안목이 만들어 내는 생각은 천차만별로 나타난다.

예를 들어 긍정적으로 바라보는 사람은 매사에서 되도록 가망(可望)성과 유망(有望)성을 새김질하며 보다 적극적인 소망(所望)과 열망(熱望) 내지는 갈망(渴望)을 하게 되고 여러 사람에게서 촉망(囑望)을 받게 되지만, 처음부터 부정적으로 보는 사람은 조금만 어려워도 무망(無望)과 난망(難望)의 눈으로 스스로 실망(失望)과 절망(絶望)에 빠지고 엉뚱하게 다른 사람을 원망(怨望)하면서 책임을 돌리려고 한다.

그런가 하면 긍정도 아니고 부정도 아닌 제 삼의 입장에서 관망(觀望)을 좋아하는 사람들도 있다. 이렇게 한 자리에서 같은 문제를 대하고 있어도 각자의 생각과 판단에 따라 그 결과가 어떤 모습으로 전개될 수 있는지 [망(望)] 앞에 따라붙는 글자 하나하나가 차분하고 명쾌하게 전망(展望)하는 듯하다.

이와 같이 오늘날 간단한 문자 몇 개만 가지고도 옛날 조상들이 인생을 어떤 시야에서 조망(眺望)하고 있었는지 들여다볼 수 있는 것은 또 하나의 생각지 않은 즐거움이라고 해야 하나?

천리안

오늘의 우주생성과 관련해서 과학이 보는 빅뱅(Big Bang)론에 의하면 태초에 하나의 작은 특이점이 폭발해서 팽창을 거듭한 끝에 지금과 같은 우주가 탄생했다고 한다. 그런데 천 년이 훌쩍 지난 통일신라 시대 초기에도 한 스님이 그 같은 사실을 보고 있었다는 것을 알게 되면 놀라지 않을 수 없다.

의상(義湘)이라는 신라 고승은 중국 당나라에서 유학하고 돌아와 화엄종을 세운 수행 높은 학승이었는데 어떻게 그 옛날에도 똑같은 생각을 할 수 있었는지 도무지 이해할 수가 없다. 스님은 뒤에 7언 30구의 간결한 『법성게(法性偈)』를 남겼는데 그 가운데 다음과 같은 구절이 보인다.

일중일체 다중일(一中一切 多中一)

일즉일체 다즉일(一卽一切 多卽一)

일미진중 함시방(一微塵中 含十方)

(하나 안에 모두 있고 여럿 안에 하나 있고

하나가 곧 모두이고 여럿이 곧 하나이니

작은 티끌 하나 안에 온 세상이 들어가네)

위에서 [작은 티끌 하나(一微塵)]를 빅뱅의 특이점
으로 바꿔 보면 마치 빅뱅 이론을 노래로 풀어내는
듯하다.

우리 인간에게는 세 가지 각기 다른 눈(眼)이 있다
고 한다. 첫째는 누구나 볼 수 있는 육안(肉眼)이고
다음은 심안(心眼)과 영안(靈眼)이라는 특별한 눈이
다. 육안으로는 고작해야 2.0의 시력으로 가까운 곳
이나 볼 수 있고 앞뒤를 분간하는 데 그치지만 심안
은 우리 생활에 필요한 깊은 지혜를 보는 데 유용하
다. 그리고 영안은 진리의 실상계를 볼 수 있는 아주
특별한 눈으로 시공을 뛰어넘는 천리안(千里眼)이라

고도 한다.

　세속의 보통 사람으로 살아가는 우리가 영안을 가질 수는 없다 해도 마음만 먹으면 누구나 명상을 비롯한 여러 가지 수행 방법을 통해서 심안을 얻을 수 있다고 알려져 있다. 천리안이 아니라도 마음을 다스리는 심신 수련을 통해서 평안과 건강을 챙길 수만 있다면 그것만 해도 얼마나 다행인가.

사람과 문자(人文)

앵무새가 사람의 말을 따라 비슷한 소리를 내지만 사람처럼 말을 하는 것은 아니다. 인간은 정신적 깊이에 따라 각자 다양한 생각을 하고 또한 상대의 공감을 받아 내기 위해서 자연스럽게 말을 하게 되었는데 시간과 공간의 제약 때문에 일정한 기호를 고안해 낸 것이 오늘의 문자로 발전하였다.

문자는 형식에 따라 소리만 표기하는 표음 문자(소리 글)와 의미까지 포함되는 표의 문자(뜻 글)가 있지만 특성에 따라 각기 장단점이 보인다. 우리나라 한글과 영어의 알파벳, 일본어의 가타카나 등은 표음 문자로 되어 비교적 배우기 쉽고 기계화에 유리한 반면 표의 문자인 중국어 한자는 글자 수가 많고 대체로 복잡한 구조가 되어 배우기는 쉽지 않지만 일단 배우고 나면 시각적으로 의미 파악이 빠르다는 장점이 있다.

우리나라는 지리적으로 가까운 중국에서 일찍 한자를 차용해 쓰면서도 창의성이 뛰어난 한글을 병용하여 표음과 표의 문자의 장점을 동시에 누리는 독특한 문화 환경을 가져왔다. 그것은 대륙과 해양 문화 사이에서 훗날 한강의 기적을 이루는 데 적지 않은 밑거름이 되었을 것으로 보인다. 해양 문화의 표음 문자가 기술의 습득과 기계화, 산업화에 효율적이고 사회적으로는 평등의식에 긍정적이라면, 대륙 문화의 표의 문자는 배우는 과정부터 일부 엘리트 계층을 제외하면 접근하기가 쉽지 않아서 사회적 평등 의식에는 거리가 있으나 지도층에서 보면 높은 학문적 성취감과 함께 다양한 사상적, 철학적 사념(思念)체계에서 표음 문자가 대신할 수 없는 긍정적인 역할이 있다고 생각된다.

동양 최고(最古)의 경전이라는 주역에서 춘추전국 시대 제자백가에까지 수많은 고전들이 지금도 변함 없는 사랑으로 사람들의 관심 속에 살아 있는 것은 표의 문자인 한자의 매력이 아니고는 그 맛을 내기가 쉽지 않아 보인다.

　한자는 그 형태가 대부분 상형(象形)이거나 그에 가까운 특성으로 언제든지 새로운 글자가 탄생할 수 있는데 대체로 몇 가지의 구분이 가능하다.

　먼저 사물의 형태로 나타나는 상형 문자에는 일(日), 월(月), 산(山), 천(川), 이(耳), 목(目), 구(口), 전(田), 문(門)과 같이 대부분 눈에 익숙해진 것들이고, 다음은 눈으로 볼 수 없는 추상적인 개념의 일(一), 이(二), 삼(三), 상(上), 중(中), 하(下)같이 지사(指事) 문자가 있으며, 다시 두 개 이상의 글자가 함께 붙어서 하나의 글자로 되는 명(明), 신(信), 법(法), 문(問), 문(聞)과 같이 회의(會意) 문자가 있다.

이렇게 다른 글자끼리 붙어서 새로운 글자로 다시 태어나는 것도 재미있는 현상이지만 그 배경을 이해하면 또 한 번 지혜로운 이치에 마음이 끌리게 된다. 해(日)와 달(月)이 나란히 붙으면 더 밝을(明) 것이고 사람(人)의 말씀(言)에 진실성이 보이면 믿을(信) 수 있는 것도 자연스런 이치다. 그리고 요즘에는 다른 사람의 가정을 방문하면 문을 노크하는 것이 일반적인 예의지만, 예전에는 주인이나 누가 안에 있는지를 확인하려고 문(門) 앞에 서서 입(口)으로 소리를 내여 물을(問) 뿐만 아니라 문(門) 앞에서 내부 사정을 알기 위해 귀(耳)를 가깝게 대고 안쪽에서 나는 소리를 엿들을(聞) 때가 흔히 있었다. 이 밖에도 쌀(米)을 잘게 나눌(分)수록 부드러운 가루(粉)가 되고 물(水)이 아래로 걸림 없이 흘러 갈(去) 때처럼 우리 인간 사회도 아무 문제없이 흘러가게 하려면 법(法)을 세워야 한다고 생각한 지혜가 참으로 감탄스럽다.

물은 세상의 모든 생명을 보듬고 이롭게 하면서도 언제나 겸손해서 아래로만 흐르다가 도중에 장애물에 걸려 막히게 되면 미련 없이 비켜 가거나 제 자리에서 기다릴 줄도 알고 혹은 모두가 부당하다고 생각되면 과감하게 장애물을 무너뜨리거나 몸을 가볍게 하여 하늘로 올라가서 문제를 슬기롭게 극복하는 정말 지혜로운 존재다. 이렇게 겸손하고 지혜로운 덕목을 보고 노자(老子)는 자신의 『도덕경』에서 상선은 약수(上善若水)라고 하여 물처럼 사는 것이 최고의 가치라고 했다.

법이 일상생활을 지켜 주는 든든한 울타리라면 말과 글은 정체성을 지켜 주는 고향집과 같은 존재이다. 독창성과 표현력에서 세계가 인정하는 우리 한글이 자랑스럽기는 하지만 이제까지 한글과 함께 정신문화의 한 축을 담당해 온 한자도 우리의 정체성을 건드리지 않는 한 같이 가야 할 소중한 동반자다. 그동안 동고동락을 함께하며 오늘까지 온 오랜 친구를 이제 와서 외면할 수는 없는 일이다. 사람은 문자를 만들고 문자는 사람을 만든다. 그래서 인문(人文)이다.

독과 약은 한 몸이다

그 옛날 석기시대부터 오늘의 초연결 정보 사회가 되기까지 농업 혁명, 산업 혁명 등 몇 번의 큰 변혁기를 지나며 인간들이 사는 모습은 가히 상전이 벽해가 되었다는 말이 무색할 만하다고 생각된다. 그러나 선사시대 조상들이 자연 동굴에 의지하던 행복감과 오늘의 초고층 건물에서 느끼는 현대인의 행복은 어느 쪽이 더 좋을까 하면 지나치게 낭만적이라고 해야 하나.

돌아보면 지금도 대도시에서 화려하게 살면서 주변의 부러움을 샀던 사람들이 어느 날 갑자기 살림을 정리하고 한적한 고향 마을로 내려가는 것을 어렵지 않게 볼 수 있다. 그때마다 사정들이 다르겠지만 가장 많은 이유는 심한 스트레스에서 오는 건강이라는 것이 주제가 된다.

그런데 스트레스를 주는 가장 큰 원인은 인간관계에서 피하기 어려운 다양한 형태의 갑질이라는 것을 알 수 있다. 갑질은 무리를 이루고 집단생활을 하는 동물들의 생태 환경에서도 관찰되지만 특히 인간 사회는 그 정도가 훨씬 깊고 집요하다. 그래서 불교에서는 일찍이 갑질의 양상에 주목하여 그 본성이 탐·진·치 삼독(三毒)인 것을 알아내었고, 상대적인 처방으로는 계·정·혜 삼학(三學)을 가르쳐주었다. 당시의 처방은 동양 사회에서 하나의 분기점이 되었으나 바이러스처럼 정복이 어려운 갑질 증상을 잡아내기에는 한계가 있을 수밖에 없다.

오랜 기간을 지나며 내성이 강해진 갑질은 거의 감염되지 않은 곳이 없다. 마침내 국가 간의 갑질은 두 차례의 세계 대전을 일으키며 막대한 희생을 가져다주었다. 갑질의 양상은 개개인의 사사로운 관계는 물론이고 국제 간의 문제에서도 영토 국경이나 인종, 종교 등 많은 사례에서 보듯 하루도 조용할 날이 없다.

인간들의 갑질은 한 발 더 나아가서 자연 생태계까지 파괴하고 기후 변화를 일으켜 환경마저도 심한 스트레스로 몸살을 앓는다. 그래도 사람들은 갑질을 하고 있다는 생각이 없이 자연을 함부로 대하다가 이제야 겨우 반성하는 모습이다.

다행인 것은 갑질의 본성인 삼독이 반드시 나쁜 면만 보이는 것이 아니라는 것이다. 독(毒)이라고 하여 나쁜 이미지를 주지만 실상은 음식에 들어가는 소금이나 양념과 같은 것이다. 적당한 소금과 양념은 음식 맛을 살려 주지만 지나치면 음식을 먹을 수 없게 하는 것처럼, 독이라고 하는 것도 지나치면 생명에 지장을 주지만 적당한 양으로 쓰일 때는 좋은 약이 되기도 한다.

세상에 약효가 좋다고 하는 것치고 독성이 하나도 없는 약은 없다고 한다. 탐·진·치 삼독도 지나치면 독성 때문에 갑질을 하게 되지만 적당할 때는 인간답게 맛을 내는 조미료가 된다. 다시 말해서 양념이나 소금을 전혀 쓰지 않으면 음식이 심심하고 제 맛이 안 나는 것처럼 인간 생활에도 탐·진·치가 완전히 배제되어 사라지면 모든 사람들이 앞을 보지 못하는 생맹(生盲)이 되어 인간 맛을 잃게 된다. 이렇게 탐·진·치 삼독은 갑질의 원인이기도 하지만 생명에 활기를 끌어올리는 [마중물] 역할을 하기도 한다.

독과 약은 한 몸이다. 독으로 갖고 있을 것인지, 아니면 약으로 삼을 것인지는 오로지 선택의 문제다. 그 중심에 인간이 있다.

유아독존

    스스로 자신의 [길]을 성찰하며 [진리]를 찾아가는 [생명]은 오직 인간이 유일하다. 그래서 예수는 "내가 곧 길이요, 진리요, 생명이니, 나로 말미암지 않고는 아버지께로 올 자가 없다(요한 14:6)." 하였고, 붓다는 태어나는 마당에 일성으로 [천상천하 유아독존]이라고 세상을 향해 선언했다고 전한다.

    여기서 종교적인 의미의 특별한 해석은 남겨 두더라도, 이 같은 말씀들은 모두 인간의 지고(至高)한 존엄성을 드러내는 가장 적합한 표현으로 생각된다. [아버지]라는 보통 명사는 곧 만물의 근원이자 생명의 시원(始源)을 상징하는 단어로 그 같은 개념을 마음속에 품고 있는 존재는 오로지 [나(我)] 하나라는 믿음에서 두 분의 말씀이 절실하게 다가온다.

중세 르네상스를 대표하는 다빈치와 미켈란젤로
가 위대한 천재 작가라고 하지만 그들의 성취는 다
만 자연에서 받는 영감으로 재현했을 뿐이며 자연의
지수화풍(地水火風)이 창작한 예술 작품에는 비교될
수가 없다. 여기서 문득 어느 수도자의 게송이 떠오
른다.

밤늦도록 책을 읽다가 밤하늘을
바라보다가 먼바다 울음소리를
홀로 듣노라면 천경만론이 모두
바람에 이는 파도란다.

긴 밤을 새우며 아무리 많은 책의 경서와 논서들을
읽고 또 읽어도 밤하늘 먼 바다에서 자연이 들려주는
법문 소리에 비하면 모두가 물거품 같다는 심경의 솔
직한 고백이다. 자연이 들려주는 법문을 나 홀로 들
을 수 있고 나로 인하여 [아버지]를 찾아 대화를 나누는 오직 세상에서 유일한 나(唯我)의 존재는 독존(獨尊)인가, 독존(獨存)인가.

신인가, 원리인가

대체로 여러 국가와 민족에는 그들의 건국 신화와 민족 신화가 있어서 자체의 역사적, 문화적 정체성을 나타내기도 한다. 그 안에는 인류 보편의 소중한 가치와 지혜가 자연스럽게 녹아 있어서 많은 사람들이 그것을 찾아 공감하고 새롭게 영감을 얻어 내기도 한다.

대표적인 것이 그리스·로마 신화로 오늘날에도 서양 문화의 기저에 광범위하게 그 숨결이 살아 있을 뿐 아니라 전 세계 문인, 예술인들로부터 한결같이 깊은 사랑과 관심의 대상이 되고 있다.

세계 최고(最古)의 장편 서사시로 알려진 호메로

스의 『일리아스』와 『오디세이아』도 그 가운데 하나
로 『일리아스』는 트로이 전쟁을 배경으로 한 전쟁 영
웅들의 이야기가 주제인데 비해 『오디세이아』는 전
쟁에서 승리한 주인공이 귀향하는 과정에서 마주하
는 가지가지 사건들과 경험이 주된 내용이다. 역경
속에서 방황하며 어렵게 다시 고향 땅을 밟게 되지만
기대와는 다르게 또 한 번의 피를 보는 복수극이 지
난 뒤에야 겨우 평화를 찾는다.

그러나 거기서 끝이 아니다. 19C 아일랜드 작가 제
임스 조이스(James Joyce)는 그의 『율리시스』에서 이
미 나이를 먹어 늙어 버린 주인공 오디세우스의 새로
운 모험을 기약하게 한다. 귀향한 뒤에도 평소에 기
대했던 안락한 궁전 생활에 안주하지 못하는 주인공
은 후일을 아들에게 부탁하며 다시 위험천만한 바다
로 출항을 준비한다.

신고(辛苦) 끝에 쟁취한 행복이지만 평범하게 정
제된 행복에는 처음부터 적응할 수 없는 자신의 운명

을 미리 알았던 것인가? 일설에 의하면 주인공 오디세우스는 시지프의 아들이라는 이야기가 있는데 알려진 대로 시지프는 그리스 신화에서 제우스 신의 벌을 받고 무거운 돌을 반복해서 언덕 위로 굴려 올리는 주인공이다. 그렇다면 오디세우스는 그런 아버지의 유산을 물려받아 태생부터 행복과는 인연이 될 수 없는 운명인지도 모른다.

한편, 프랑스의 실존주의 작가 카뮈(Albert Camus)는 『시지프의 신화』에서 그의 『이방인』과 함께 삶의 부조리를 철학적 사유로 풀어내어 주목을 받았다. 굴러 내리는 돌을 언제까지나 반복해서 언덕 위로 밀어 올려야 하는 시지프의 운명은 끝없이 굴러가는 인류 역사의 수레바퀴와 더불어 어디서 그 원동력을 얻게 되는 걸까. 문제의 열쇠는 바로 인간에게 있다.

가장 이성적이고 합리적으로 보이면서 동시에 가장 비이성적이고 비합리적인 존재가 인간의 모습이기 때문이다. 두 가지 성격의 양 극단 사이에 일어나는 단절 없는 충돌과 마찰 속에서 필연적으로 발생하는 인간들의 감정 에너지가 다름 아닌 원동력의 실체인 것이다. 양극을 오고가는 영원한 인간의 모순(부조리)은 오묘한 신의 한 수인가, 아니면 음양의 원리인가.

거기에 산이 있어서

전망대의 엘리베이터가 한 층 한 층 더 올라가면 그만큼 시야가 넓어지고 멀리 볼 수 있게 된다. 그런데 감각적인 육안으로 볼 때만 그런 것이 아니고 마음으로 보는 심안(心眼)도 다르지 않다.

가장 낮은 단계에서는 오직 자신만 보인다. 그 자리는 에고(ego)라는 장애물이 막아서서 시야를 가리기 때문이다. 그보다 한 단계 올라가면 앞을 가리던 에고가 상대적으로 낮아져서 가까운 앞자리가 보이게 되고 옆으로도 눈길을 돌린다. 이렇게 한 단계씩 오르며 시야가 넓어지면 마침내 모든 장애물이 사라지고 세상이 하나로 보인다고 한다.

경계가 없는 동일 생명, 곧 자타불이(自他不二)의 경지다. 그 자리는 생명과 비생명, 삶과 죽음의 벽이 없고 다만 진리와 대자유만 있다는 절대 경지다. 그러나 그 자리는 원하면 누구나 쉽게 갈 수 있는 그런 자리가 아니다. 모든 산악인이 히말라야의 영봉에 오르는 꿈이 있다고 되는 것이 아니고, 특별히 산이 허락하는 경우가 아니고는 불가능하다. 그리고 정상에 올라 깃발을 흔들며 사진을 찍는 모습이 산악인들에겐 더할 수 없이 영광이고 보람이기는 하지만 그것만이 산에 오르는 의미의 전부가 아니다.

영국의 어떤 산악인이 위험을 무릅쓰고 에베레스트산에 오르는 이유를 묻자 조금도 망설이지 않고 "거기에 산이 있으니까(Because it's there)."라고 단순, 명쾌하게 말했다는 일화가 유명하다. 산행의 진정한 의미는 정상을 향해가는 과정에서 마주하게 되는 모든 시련과 역경 속에서도 스스로의 정신적, 육체적 모든 한계를 시험하는 극기(克己)의 감동이 있는 것과 예측할 수 없는 위기 때마다 서로 격려하고 용기를 주는 일행들의 깊은 우정과 믿음이 평생 잊히지 않는 아름다운 추억으로 남겨지는 것이다.

인생도 산행과 전혀 다르지 않다. 흔히 인생을 마라톤에 비유하는데 양자 사이에 공통점이 있는 것은 분명하다. 그러나 마라톤에는 코스가 하나뿐이고 그 길도 비교적 단순한 데 비해 인생이 가는 길은 지극히 다양할 뿐 아니라 산행과 같이 예측이 불가능한 변수들이 중간에 너무나 많다.

때문에 인생에서도 어느 정도 필요한 경쟁은 불가피하지만 그것보다는 전 과정을 통해 먼저 자신의 역량에 따른 열과 성을 다하고 동반자와의 관계에서도 돈독한 믿음으로 아름다운 추억과 좋은 인연을 남기는 것이 자신의 정체성을 보람 있게 실현하는 최선의 길이라고 믿으면서, 낚시로 고래를 잡으려는 무모함을 지울 수 없어 여기서 이만 노트 기록을 끝맺음 해야겠다.

꼬리말

모든 생명이 다 그렇지만 특히 사람들이 세상을 살아간다는 것은 어떤 의미로 시간과 공간이라는 영원 속에서 각자의 정해진 인연을 찾아가는 과정이라고 보아도 좋을 것 같다. 물론 그 안에서 인연을 결정하는 사연들은 수없이 많지만 아무래도 가장 큰 변수라면 시대적 배경부터 꼽아야 하지 않을까 생각된다.

이제 와서 지난 80여 년의 시간들을 돌아보면 그 이전의 800년의 시간보다도 더 많은 변화를 가져왔고, 아시아 대륙의 동쪽 끝에 붙어서 오랫동안 잊혀 왔던 작은 나라에서 명실공히 세계 무대의 중견국으로 성장시킨 한강의 기적도 바로 이 시기와 겹쳐진다. 실로 반만년 민족사에서 한 편의 축소판을 살아온 느낌이라고 해야겠다.

일제에 나라를 빼앗긴 민족의 암흑기에서 어린 나이에 조국의 해방을 맞이했을 때는 서울의 외할머니 집에 있었는데, 그때 고향에 잠시 다니러 간다며 진남포로 떠난 부모와는 그것이 마지막 인연이었다. 그 사이에 전 국민을 둘로 갈라놓은 남북 분단의 긴 장벽이 생긴 탓이다.

따라서 해방의 기쁨은 잠시였고, 6·25라는 민족의 수난이 이어졌을 때는 눈 내리는 한 겨울에 기차 화물칸 지붕 위에서 잠을 자며 꼬박 3일 만에 대구까지 내려갔던 기억이 새롭다(1·4 후퇴). 그 덕(?)에 양담배를 한 갑이라도 더 팔아 보려고 대구역전 큰 거리를 뛰어다니기도 했고, 그 후 대전으로, 부산으로 옮겨 다니며 초등학교와 중학교에 입학해서는 피난살이의 서러움을 느껴 보기도 했다.

국군과 UN군의 진격을 따라 다시 서울로 돌아왔을 때는 살던 집이 불에 타서 없어지고, 빈자리에 다시 세운 허술했던 집은 수시로 쥐들이 뛰어노는 놀이터가 되었다.

고등학교를 졸업하고는 4·19와 5·16 등 현대사의 전환점을 지켜보며 배움에 목말라했었고, 뒤늦게 대학에 가서는 휴학과 자퇴, 재입학을 거듭하는 어려운 시간들과 마주해야 했다.

그렇게 하루하루가 불안 속에 있으면서도 어느 날 우연히, 꿈에도 생각지 못했던 인연으로 평생의 동반자를 만나게 된 것은, 그래서 인생은 정말 알 수 없다고 하는 말이 맞는 것 같다. 격동의 세월 속에서 오늘까지 옆에서 꿋꿋이 자리를 지켜 준 아내에게 무엇으로 감사의 마음을 다 해야 할지 모르겠다. "당신이 벌써 팔순이네."

누구나 일생 동안 세 번의 기회가 있고 또 세 번의 고비가 있다고 하는데, 틀린 말이 아닌가 보다. 특히 초등학교 2학년 때 보수 중이던 3층 높이의 건물에서 놀다가 떨어졌을 때, 그리고 대학에 재학 중 자취하던 방에서 연탄가스 중독으로 저승 문턱까지 갔던 고비가 있었고, 또 하나는 콜롬보 계획으로 72년 말 인도 뉴델리에 갓 도착해서 며칠이 지났을 무렵 현지의 북한 공관원들에 둘러싸여 납치될 뻔했던 기억은 그 당시 시대상을 반영하는 특별한 사건이었다. 하지만 그런 시간들이 있었기에 오늘 하루의 소중함도 알게 되는 것이고 따라서 잊을 수 없는 인연들의 아름다운 추억들이 지금도 내 마음속에 변함없이 살아가는 진실한 이유이기도 하다. 그 가운데 십여 년 간이나 토지박물관의 좋은 사람들과 국내외 여러 답사 여행을 함께한 추억이나 선생님들의 강의를 듣기 위해 이른 아침 아내와 같이 올림픽대로를 달리며 사계절의 아름다운 변화를 마음껏 즐기던 시간들은 지금도 행복한 꿈속을 지나는 듯 되살아난다.

KNOW YOURSELF:
우리도 당신을 기억하고
사랑합니다

ⓒ 박해국, 2024

초판 1쇄 발행 2024년 9월 25일

지은이   박해국
펴낸이   이기봉
편집   좋은땅 편집팀
펴낸곳   도서출판 좋은땅
주소   서울특별시 마포구 양화로12길 26 지월드빌딩 (서교동 395-7)
전화   02)374-8616~7
팩스   02)374-8614
이메일   gworldbook@naver.com
홈페이지   www.g-world.co.kr

ISBN   979-11-388-3554-1 (03810)